わだかまってばかり日記

―本と共に―

岩瀬成子

理論社

目次

9	8	7	6	5	4	3	2	1
日々	家族	女子周辺	本の壁	道の果て	川の夢	目の奥	味方	鍵
147	128	109	89	73	55	39	22	5

1

鍵

小さい時のわたしはうぬぼれ屋だったのか、強情だったのか、生意気だったのか。その全部だったような気もする。

そういう自分にうすうす気づいていて、そういうねじくれたところを直したいとも思っていたのだが、何をどうすれば直せるのか、わからなかった。子供の自分がそのことを深刻に考えていたとも到底思えないが、六歳で新しい家に引っ越したとき、なんだか気持ちがいっぺんに新しくなって、それまでの自分とはちがう、正しい子供になれそうな気がした。わたしが生まれたのは、町はずれの、周囲を田んぼに囲まれた古くて大きい家だった。その家に六年暮らしたあと、町なかの家に引っ越したとたん、それまで毎日遊んでいたおない年ののんちゃんや、よしのりちゃんたちのことを忘れて、これからは新しい自分になるんだ、と喜んだ。

こんどの家は、前半分が下見張りの二階建てになっていて、その後ろに平屋の住居がくっついていた。わたしたちが暮らすのは後ろの平屋のほうだが、前の商工会が使っている事務所とはガラス戸一枚でつながっていた。

事務所の二階は広い板間だった。そこはときどき婦人会の集まりや、子供会の幻灯会などに使われていて、そのときは茣蓙《ござ》が敷かれた。その頃流行《はや》っていた編み機を使った編み物教室が週一度開かれていたこともある。

その家も借家だった。父は移り住むにあたって、平屋部分に新しく玄関をこしらえ、土間だった台所に床板を張った。わたしたちが引っ越したとき、大工さんが玄関脇に屋根のある開き戸をこしらえていた。

隣はお寺だったが、数年前に火事で本堂が焼けたそうで、その跡地はのっぺりと何もなく、お墓だけが隅のほうに並んでいた。そのときの放水の跡が、灰色のペンキが塗られた事務所の二階の壁に残っていた。

引っ越した日、新しい畳の匂いのする部屋の小窓から裏をのぞいた。

家の裏には、新しい竹の垣根に囲まれた小さい畑があった。そのむこうにも黒土の、やはり小さいよその畑がある。その先に運動場が見えた。四月になれば行くことになる小学校の運動場で、周囲半分ほどを杉に囲まれていて、乾いた白っぽい地面が広がっている。この家に引っ越す前に、父は「学校の隣だ。孟母三遷《もうぼさんせん》の教えちゅうもんだ」と威張ったように言った。引っ越したあとも何度か言った。幼稚園の卒園式がまぢかに迫っていた。

通っていた幼稚園は小学校のむこう隣にあった。それまでの二年間、のんちゃんとよしのりちゃんの三人で、できたばかりの国道二号線の砂利道をてくてくと一時間かけて歩いて通っていたのに、小学校の隣に引っ越してからは登園に五分もかからない。わたしは引っ越したとたん、もう自分は町の子になったんだ、という気分になっていて、だれにというわけでもなく得意な気持ちになっていた。その上、園長先生から母を通して、卒園式に答辞を読むように言われたことで、得意な気持ちはさらに膨らんだ。

父が筆で巻紙に、わたしが読む答辞を書いてくれた。そして毎晩、父の前で練習をした。「もっとゆっくり」と父は言う。『。』のところでちょっと間を置く」、「ええか、堂々と読まんにゃだめじゃ」など、あれこれ指示した。最初はできなかった折り畳まれた紙を開きながら読むことにもそのうち慣れた。畳の上を数歩歩いて立ちどまり、手をまっすぐ下に伸ばして左に向かってお辞儀をし、それから右に向かってお辞儀をする。右が先だったかもしれない。そして足を引いて回れ右をする。何十回も練習した。

卒園式の日には、母が朝、コテで髪をふわっとカールさせてくれた。大勢の人の前で何か言ったり、読んだりするのは生まれて初めてのことだ。

おそらく相当ぎこちない身のこなしであっただろうけれど、わたしはなんとか答辞を読み終えた。町会議員をしていた父が来賓として来ていて、じっとわたしを見ていた。初めから最後まで、わたしはずっと父に気を取られていた気がする。

卒園式のあと、よそのお母さんが褒めてくれ、園長先生からも褒められて、わたしはますます得意になって家に帰った。早くお父ちゃんが帰ってこないかな、と思った。お父ちゃんも褒めてくれるだろうか、と。

父は式のあとの茶話会でお酒が出たらしく、少し酔って帰ってきた。

「みんなが褒めちゃったぞ」と、上機嫌で言った。それから財布を取り出すとお金をわたしにくれ、好きな菓子を買っておいで、と言った。

わたしは走って近所のよろず屋に行き、さんざん迷ったあげく、かっぱあられの大袋を買って帰ると、父は客間と呼んでいた八畳間で、座布団を枕に眠っていた。その部屋の床の間の上には、天皇と皇后の写真が収められた金の菊の紋付きの黒縁額が掛けられていた。

わたしは部屋の隅に重ねてあった座布団の上に立つと、菓子袋に手を突っ込み、赤いあられを摑《つか》み出して寝ている父の上に撒《ま》いた。父が目を覚まし、あはは、と笑った。わたしはまたあられを撒いた。笑いながら何度も撒いた。うぬぼれ屋だけでなく、間抜けでもあったわたしは、そのとき得意の頂点に立っていた。

卒園式のあと、小学校に上がるまでの休みの日々、わたしには遊ぶ相手がいなかった。近所の子供のだれ一人知らなかった。こんど五年生になる兄には学校の友だちが近所に何人かいるようだったが、学校にも上がっていない妹を連れて歩くはずもなく、一人で遊びに出かけていく。わたしは知らない町を歩いてみる勇気も出なくて、家のなかでぼーっと退屈していた。

開き戸を造り終えた大工のおじさんが風呂場の窓や戸を直すのを見ていた。手拭いを頭に巻いた、日に焼けたおじさんは無口というか、ほとんど口をきかない人で、そばで見ているわたしのほうなど見向きもせず、ただ黙って鋸《のこ》を引いたり、釘《くぎ》を打ったりしている。母がお茶を出しても、小さく会釈するだけ。夕方になると、黙って道具を片づけ、帰る間際に「じゃ」と言ったか、「これで」と言ったか、ひと言何か言って帰っていった。そしてつぎの日になると、また黙って仕事を始めた。

退屈していたら、だれからうつったのか、麻疹《はしか》に罹《かか》った。入学式のすぐあとだった気もするけれど、もしかすると入学式の前だったかもしれない。

高熱が出た。厚い布団をかぶせられ、自分の吐く熱い息が布団にこもって顔が熱くてたまらなかった。前の家にいたときからのかかりつけ医、吉見先生が往診に来て、聴診器を胸に当ててからお尻に注射をした。注射を打たれると熱はじきに下がったけれど、少しするとまた上がる。高熱のなか、夢を見た。

高い崖から落ちかけていた。辺りは暗く、わたしは崖からぶらさがっていた。両手を崖の石にかけ、いまにも落ちそうだった。石にかけている指先にいくら力を込めようとしてもだめで、指がじりじりとはずれかける。

「落ちる」とわたしは叫ぼうとした。でも声が出なかった。落ちたらどうなるんだろう。恐怖でいっぱいになりながら、「落ちる」「落ちる」、声をふり絞った。どれくらい叫んだかわからない。

「落ちやせん」

声が聞こえた。

「お父ちゃんが摑《つか》まえちょるから、ぜったい落ちやせん」

目をあけると、父がわたしのそばに座り、わたしの手を握っていた。

もうちょっとで落ちるところだった、危なかった。でも助かった、と思った。落ちずにすんだ。さっき、足の下はまっ暗だった。あそこに吸い込まれそうになっていたのだ。

そのあと熱はしだいに治まっていったが、学校を二週間くらい休んだ。食事はおかゆばかりの日がつづき、わたしはかなり痩せてしまった。

「うわごとを言うほどの熱じゃったね」と母に言われても、あの恐ろしい夢の話はしなかった。あのまま指が離れて下へ落ちていたら、わたしは死んだのかもしれない、と思っていた。その恐怖や、目を覚ましたときに目に入った電灯の明かりや、わたしをのぞき込んでいた父の顔や、胸がおそろしくどきどきしていたことも、言わなかった。うまく言えそうな気がしなかったし、言っても、きっと伝わらない、と思っていた。そのまだれにも話さなかったけれど、そのあと何度も、あの恐ろしい夢を思い出した。

このことだけでなく、小さかったときに思ったり感じたりしたことは、いつもどんなふうにも、大人には（もちろん子供にも）うまく伝えられない気がしていた。もどかしい気持ちがずっとつきまとっていた。伝えられないし、たぶんわかってもらえない。そう思っていた。何かを言うにしても、どんなふうに、どんな順序で言えばいいかわからないし、自分のなかの言葉ではぜんぜん足りない気がする。話しはじめるそばから、ああちがう、こういうことが言いたいわけじゃない、と思う。

わたしは自分の考えを押し通そうとする我の強い、おしゃべりな子供だったのに、そういう、どんなこともうまく言えない感じと、わたしの言いたいことはこんなことじゃないんだけど、という諦めの気持ちは、その後もずっと付きまとった。

フィリパ・ピアスの短編「まつぼっくり」（**『8つの物語　思い出の子どもたち』**所収）には、「自分がここにいる」という感じがあやふやになりかける子供の心が描かれている。母親から、学校の慈善バザーに、要らなくなったおもちゃを出すよう言われた三人姉弟の末っ子「チャーリー」は「嫌だ」と答える。しかたなく母親が「がらくた」が詰まっているチャーリーの物入れを閉めようとすると、ドアのあいだからぽろりと小さなものが転がり落ちた。それはずっと前に拾ったまつぼっくりで、チャーリーはそれをポケットに入れる。

母親が聞き分けのないチャーリーに苛立《いらだ》っているそばで、チャーリーはまつぼっくりから、忘れていたことを思い出す。ずっと前に、でっかい木の下で拾ったんだ、と。そこには池があった。鴨《かも》も泳いでいた。テントのような木が立っていた。そのあとずっと、このまつぼっくりを大事に取っておいたんだった、と。

チャーリーの両親は離婚していて、学校でバザーがあるその日は、チャーリーが父に会う日にあたっていた。

久しぶりに会った父はチャーリーを中華料理店に連れていく。食事が終わると、チャーリーは「ぼく、とっても行きたいとこがあるんだけど」と切り出す。ポケットのまつぼっくりに触りながら。

そこはどこだ、と聞かれ、「父さんと、ぼくと――それから母さんと」行ったんだ、と話しはじめる。大きい池があって、木があって、鴨がいて、電車で行ったんだ、と。まつぼっくりをテーブルに出して、なんとかその場所を説明しようとするのだが、記憶は断片的で、曖昧で、どうしてもうまく説明できない。

父は、初めこそ考えを巡らして、「動物園かな」などと言ってくれていたものの、しまいには苛立って、「夕方までしか時間がないし、雨も降ってる。遠くへは行けない」と言い、映画館に行くことを提案する。二人は映画を見て、そのあと父はチャーリーをバザー会場の母のもとに送り届ける。

母に、どこに行ったの、と聞かれ、答えようとしたとき、チャーリーのなかで悲しみが膨れあがる。と同時に、まつぼっくりを中華料理店のテーブルに置き忘れてしまったことに気がつく。チャーリーは一人バザー会場を出ると、泣きながら家に帰る。

あそこへ行ったことなんかないって、言われちゃう。そんな場所なんかないって。ぼくの作り話だって。父さんはそう思ってる。母さんもそう思うにきまってる。だけど、あそこはちゃんとあったんだ。ほんとに行ったんだ！

記憶のなかの幸せな時間が永遠に消えてしまうのは、自分の大事な部分が失われるようにチャーリーには思えたのだろう。時は戻らないし、人とのつながりも変わっていく。そのことは、たぶんチャーリーにもわかっていた。わかってはいても、過去のあの時をなかったことにされたくなかったのだ。けれど、その気持ちをチャーリーはどんなふうにも言葉にできなかった。

ところが姉によって、その場所がどこであるかがあっさり教えられる。植物園だとわかって、チャーリーはやっと涙をぬぐう。あそこに行ったことが事実として胸に落ちたのだ。そしてチャーリーは、あそこにパパとママと三人で行くことは二度とないだろうと思い、それでもあのとき、自分は幸せだったのだと、記憶を新しくする。

チャーリーはたぶん、そのあともだれにも、自分があの日、どんな気持ちでいたかを話さなかっただろう。話せなかっただろう。

親が良かれと思って子供にすることと、子供が望んでいることとがすれ違う、というのはよくあることだ。あらゆる家庭で、毎日のように、いろんなすれ違いが起きている。そのすれ違いを正すのはとても難しい。子供は、親にわかるように説明するなんて無理だと思うし、根気強くそんなことをする自信もなくて、曖昧な気持ちのまま、大抵、親に従ってしまう。喧嘩《けんか》もしたくないし、叱られるのも嫌だから。だけども、従いながら心がそれを受け入れていないことがある。

『まぼろしの小さい犬』（フィリパ・ピアス）の、親の考えに従った「ベン」が心に秘めていた思いは、やがて命を危険に晒《さら》すほどのものとなっていく。

特別な出来事がもたらしたものではなかった。どこにでもありそうな、家庭内のちょっとしたもめ事から始まった。

ベンは田舎の祖父から、誕生日が来たら自分が飼っている犬の子犬をあげよう、と約束されていて、とても楽しみにしていた。けれど誕生日が来てみると、祖父母から贈られてきたのは本物の子犬ではなく、額入りの小さな刺繡《ししゅう》の犬だった。額の裏には「チキチトチワワ」と書かれている。

ベンの暮らすロンドンの家は狭く、近所には犬を散歩させる場所もないから犬は飼えない、というのが両親の考えだった。ベンは裏切られた気持ちになり、怒りを感じるものの、添えてある祖父の手紙を読むと、祖父が「いつわりのない悲しい気持ち」でいることを理解する。その手紙には、休みになったら遊びにおいで、とも書かれていた。
休みになって、ベンは刺繍の犬を持って出かけていく。祖父母の家で数日間過ごしているあいだに、祖父の犬からずいぶんなぐさめられるのだが、それでも本物の犬が貰《もら》えなかった悲しい気持ちは癒されないまま、ベンは帰路につく。
その帰りの汽車のなかで、ベンは額を取り出して刺繍の小さな犬をあらためて見つめる。その犬は世界一小さいと言われている犬なのだ。「世界一小型の犬のなかでも、いちばん小さいのでさえ飼うことができない」事実をベンはあらためて知らされ、目を閉じる。すると、瞼《まぶた》の裏に焼きついていた小さな犬が、どういうわけか伸びをし、首を回してベンを見たのだ。

「チキチト。」とベンはいった。すると犬は頭をつんとそらした。

しかしあろうことか、ベンはその額を汽車に置き忘れてしまう。駅に問い合わせても見つからず、ベンはひどく落胆する。すると失意のなか、あの失われた小さなチキチトが現れるのだ。ベンの目のなかに。ベンが目を閉じるとチキチトが現れるようになる。チキチトに会いたくて、ベンはだれにも気づかれないように、そっと目を閉じてばかりいるようになる。そして、だんだん日常生活がうまく送れなくなる。

チキチトはもうたえず、ベンのそばにいるようになってしまっていた。ベンが目をとじると、犬はそこにありありと見えた。目をあけていても、すがたこそ見えないが、犬はあいかわらずそこにいるように思われた。

そしてある日、道を歩いているときに目をつむったベンはチキチトを追って道を渡ろうとして車にはねられ、大けがをしてしまう。幻が現実を呑《の》み込みかけていたのだ。

そんなことが起きる前から、ベンの母はベンの異変には気づいていた。学校の先生からも、授業態度がおかしいと相談されてもいた。こっそり目をつむるのはなぜか、と本人に問いただしもした。はかばかしい返事をしないベンを見て、悩みを抱えているにちがいない、と心配もしていたのだ。なのに、ベンの心で起きていることはわからなかった。

ベンは、犬のことで親を責めたりはせず、黙って耐えようとしていたのだ。ベンはおそらく、自分にだけ見える小さい犬のことをどんなふうに話しても、ほかの人にはわかってもらえない、ということがわかっていたんだと思う。

うまく言葉にできないでいる子供の気持ちを、ピアスは、うまく言えないからといって、でもそれはなんでもないことではないんだよ、と言っている気がする。ありふれたことしか言わないように見える子供の、その心で起きていることをピアスはさりげない手つきで示した。

六、七歳のとき、一人で留守番をさせられたことがある。母は勝手口の鍵に糸を通して、わたしに渡した。どこかに行くことがあったら戸に鍵をかけて、糸を首からかけて絶対失《な》くしちゃいけん、と言った。鍵はこれ一つしかないんじゃけえ、と。何度も母は念を押した。

鍵を持たされて留守番をするのは初めてだった。両親は兄を連れてどこかに行ったのだと思う。三人が出かけたあと、なぜだかわたしはうきうきして、さっそく勝手口に南京錠をかけ、友だちの家に遊びに行った。しばらく遊んだあと、二人で少し離れたべつの友だちの家に出かけたときには、もう日は傾きはじめていた。

行ってみると、その子は留守で、仕方なしにぶらぶら帰るその道に沿って、細いコンクリートの溝が流れていた。

溝をのぞき込んだのは、何か動いているものを見つけたからかもしれない。わたしたちはそのうち、溝の縁に生えている草をちぎって溝に投げ込みはじめた。その草が流れて、途中コンクリートの蓋の下をくぐって下手に現れるのを見る。そのつぎには枯れ葉を拾って投げ込む。やっぱり蓋の下から現れる。小石も投げ込んだけれど、小石は現れなかった。きっと重すぎたのだ。

どうしてそういう気になったのか、わたしは首からぶら下げていた鍵をはずして、これなら平べったいし、流れるかもしれないと溝に投げ入れた。糸もついているから、糸をつかめば簡単に拾い上げられる。

だけど、鍵は蓋の下から出てこなかった。しゃがんで蓋の下をのぞいてみても見あたらない。確かに目を離さずに流れを見ていたのに。鍵はどこかへ消えてしまっていた。どうしよう、と思い、それからぞっとした。溝のそばを行ったり来たりしてどこかに落ちていないかと周囲を探した。靴を脱いで溝のなかに入り、蓋の下を奥の奥まで目をこらした。なかった。

絶対にしちゃいけないことをわたしはしてしまった。恐ろしいことが背中にかぶさってくる気がして、怖くなった。取り返しがつかない、という言葉をそのときのわたしが知っていたとは思えないが、このことから逃げられないんだ、とわかった。わかりながら反射的に、どうすれば叱られずにすむか、を考えはじめていた。帰り道、友だちとはほとんど口をきかなかった。わたしはただ、無言で焦っていた。

家に帰って、勝手口のそばの大きい縁台（オキダと呼んでいた）に腰をかけて、両親が帰るのを待った。あれほど「鍵は一つしかない」「失くしちゃいけん」と言われたのに、何度も言われたのに、わざとみたいに溝に投げ込んだのだ。どうしてあんなことをしたんだろう。自分でもわからなかった。

すっかり暗くなってから両親は帰ってきた。兄も一緒だったと思う。わたしは「何かおると思うて、溝をのぞいて見たんよ。そしたら鍵が、ぽとんと落ちたんよ」と嘘《うそ》を言った。投げ入れた、とは言わなかった。そんなことをするのはほんとうにばかな子供で、自分はそこまでばかじゃない、と思いたかった。

あれほど言ったのに、と母はわたしを叱った。「これじゃ家に入れんじゃないの。どうするの」と嘆いた。

だれかに南京錠を壊してもらうにしても明日になるだろうし、工具類は家のなかだし、と父はあれこれ考えを巡らしたあげく、廊下のガラス戸を外側から力ずくで持ち上げて片隅をなんとかレールからはずした。そこにできたわずかな隙間から、わたしに家に入るように言った。

わたしはすばやくそこからもぐり込んで廊下に上がった。家のなかはまっ暗だった。

すぐさま廊下の外で待っている両親と兄のためにガラス戸のネジ鍵をあけた。さっきまでの後悔の気持ちと、なんとか嘘《うそ》をつき通せないかと怯《おび》えていた気持ちを忘れて、なぜだか手柄を立てたような気持ちになっていた。

2

味方

父が小さい坑木会社を始めたのは戦争が終わって二、三年たった頃だと思う。坑木というのは炭鉱などの坑道の支柱に使われる木材だったらしい。父の会社の坑木がどこに向かって送り出されていたのか、わたしは何も知らないが、九州の炭鉱だったかもしれない。父がどうして親戚もいない山口県東部の玖珂《くが》という小さな町で、それまで材木など扱ったこともなかったはずなのに、坑木会社を始めたのか。そんなことも何も知らない。父はわたしが八歳のときに死んだので、会社のことだけでなく父のそれまでの人生についても、ほとんど知らない。

父の父親は宮大工だった。江戸時代の終わり頃に京都から山口県に来た岩瀬長五郎という宮大工がいて、いまも周防《すおう》地域のあちこちに寺社や彫り物などが残っている。そういうのはぜんぶ、だいぶあとになって知ったことで、その四代目か五代目が父の父で、父は次男だった。長男の伯父が父親の跡を継いで宮大工になった。父は二十歳ぐらいのときに肺を病み、そのおかげか兵役を免れて、二十四、五で朝鮮に渡った。そして敗戦までの二十年間を朝鮮で暮らした。

朝鮮にいるあいだに父は最初の結婚をした。その人は引き揚げてのち、すぐに亡くなり、そのあと間を置かずに父は母と再婚したらしい。父の最初の奥さんについて母が話してくれることはなかったし、名前も聞かされていなければ、写真を見たこともない。ただ、父が死んだあと、一度だけ母に連れられて遠くの町まで電車で墓参りに行ったことがある。これはだれのお墓?　と尋ねると、親戚のおばさん、と母は答えたのだけれど、それは父の最初の奥さんのお墓だった。それがわかったのは父の墓を建てたときで、その人の墓を父の墓のそばに移したからだ。

父は家ではたいてい機嫌がよかった。冗談好きで、行儀のことはやかましく言ったけれど、わたしは父に叱られたことがたぶん一度もない。最初の結婚では子供がなく、五十になって生まれた娘は、父にとっては孫娘のようなものだったのかもしれない。

父は毎晩、晩酌をした。ラジオで落語やドラマなど聴きながら飲んでいた。花菱《はなびし》アチャコと浪花《なにわ》千栄子の『お父さんはお人好し』が好きだった。

夜、ときどきお客さんが来た。碁を打ちに来るおじさんもいたし、麻雀《マージャン》をしに来るおじさんたちもいた。碁にしても、麻雀にしても、夜が更けてもいつまでもつづく。襖《ふすま》を隔てた部屋で、わたしはその音を聞きながら眠った。合間にお茶やお酒を出していた母は、引っ込んでくると、まだ終わりそうにないと渋い顔をした。村にいたときは家が広かったので、正月には宴会が開かれていたけれど、町の小さい家に引っ越してからは、さすがにそれはなくなっていた。

父親というものは酒を飲むものだ、と思っていた。


父はわたしの味方だ、と子供のわたしは信じていた。これをしちゃいけん、あれをしちゃあぶない、と何かにつけて口出しする母のそばにいるより、父のそばにいるほうがずっと気楽で面白かった。父のすることにまちがいはない、と信じてもいた。

二年生になったばかりだったと思う。おなじクラスで仲良くなった百合子ちゃんの家に遊びに行った。百合子ちゃんは町営住宅に住んでいた。町営住宅というものを、そのときまでわたしは知らなかったので、まったくおなじ形をした平屋がずらりと二十軒ほども並んでいるのを見て、賑《にぎ》やかそうだし、仲が良さそうにも見え、わくわくした。

百合子ちゃんの家の前の小さな庭には花などが植えてあった。こぢんまりとした玄関を入ると、奥には畳の部屋が二間。もしかしたら板間もあったような気もする。それから小さな台所。機能的にまとまって見える家がとてもモダンな気がして、こんな家に住めていいなあ、と、たちまちうらやましくなった。

百合子ちゃんには三、四歳上のお姉さんがいて、その日、そのお姉さんと三人でおはじきをした。百合子ちゃんもお姉さんも、きれいなおはじきをそれぞれ布袋にたくさん持っていて、それを座卓にざあっとぜんぶ広げた。

お姉さん、という存在にあこがれていたわたしは、お姉さんに遠慮する気持ちでお姉さんがやってみせてくれるとおりにおはじきをはじく。順番にはじいて、最後に一番多くおはじきを取った者が勝ちなのだけれど、百合子ちゃんのと、お姉さんのとを合わせたおはじきはかなりの数で、はじいてもはじいても、なかなかなくならない。ようやく終わったと思ったら、「もう一回やろう」と百合子ちゃんが言った。そのときにはまだ外は明るかったけれど、やっているうちに暗くなった。

おはじきをはじきながら、外が暗くなりはじめていることには気づいていた。帰らなきゃいけないと、それもわかっていた。暗くなる前に帰りなさい、と言われている。それでも、わたしは「もう帰る」と言いだせなかった。だんだんおはじきに身が入らなくなって、早く終わらないかな、とそればかり思うようになった。途中で、百合子ちゃんのお母さんが「暗くなってきたよ。まだ帰らなくてもいいの」と声をかけてくれた。

百合子ちゃんが「もうすぐ終わる」と代わりに返事をした。初めて遊びに来て、お姉さんも一緒に遊んでくれているのに、と思うと、途中で投げ出すなんてできない。じりじりする気持ちとたたかいながら、おはじきがすべてなくなるまでやった。

外に出ると、すっかり夜だった。昼間は開放的に見えていた町営住宅の家々はいまではどの家も戸を閉ざし、まるで見知らぬ町に迷い込んだような気がして、わたしは逃げだすみたいに走り抜けた。その住宅地を出たところに大きい木が黒い影となって高くそびえていた。その右手には農業試験場の生け垣が黒々と伸び、生け垣に沿った道の先は暗闇に溶けている。

自分の足音だけを聞いて坂道をくだり、国道を渡った。家まではまだだいぶある。町に引っ越してきて一年ほどしかたっていなかったので、道沿いの家々はぜんぶ知らない家だった。道をまちがえたりすると、わたしは知らないどこかへ入り込んで家には帰れなくなるかもしれない。

暗がりに目を向けないようにして、休まず走りつづけた。線路を渡って、コンクリートの小さな貯水池の角を曲がって、その先の貯木場がある父の会社が見えてくると、ようやく家まであと少しだ、もう大丈夫だ、と安堵《あんど》した。それまでずっと、うしろから大きい黒いようなものが追いかけてきている気がしていたのだ。

走りとおして家に着くと、表の格子戸の鍵はかかっていなくて、ほっとしながら庭を通って玄関の引き戸に手をかけると、戸があかなかった。そばの開き戸にも鍵がかかっている。

ただいまあ。明かりがついている家のなかに向かって大きい声で呼んだが、母は出てこない。何度呼んでもやっぱり出てこない。なかの様子を窺《うかが》おうと玄関のガラス戸に耳をつけると、話し声が聞こえた。母と父が話している。悪い癖がつきますけえ、というようなことを母が言っている。

そうか、わたしを懲らしめようとしているんだ、とわかったとたん、わたしのなかでむくむくと抗《あらが》う気持ちが膨らんだ。いま、あの恐ろしい道をたった一人で走りとおしてきたというのに、と思った。夜の道がどんなに怖いか、ということを嫌というほど味わったというのに。そしてやっと無事に家に着いたというのに。そのわたしを懲らしめようとするのか。

わたしはもう声はたてず、黙って玄関の前に立っていた。

するとと足音がして玄関の明かりがつき、戸のネジ鍵をあける音がした。あけてくれたのは父だった。

わたしは家に入ろうとせず、じっと立っていた。

「暗いところに立ってちゃいけん。入りんさい」と父は言った。「こんな遅くに帰っちゃいけんよ」と父は言ったが、その声は優しかった。

母は怒っていた。あれほど言ったのに、というようなことをくどくどと言いつづけたけれど、わたしはへっちゃらだった。わたしを懲らしめようとして父に玄関をあけさせまいとしていたことを根に持って、お父ちゃんが怒らんのに、お母ちゃんがいくら怒っても、そんなのぜんぜん聞く気にならん、と思っていた。

父は山口市で倒れた。仕事先の人と昼食をとっているときに激しい頭痛と吐き気に襲われ、その席を中座した。そのあと市内に住む伯父夫婦の家に行き、少し休ませてほしいと頼んだ。

伯父の家で数日、近所の医者の往診を受けながら寝ていたが頭痛はまったく収まらず、やっぱり一度、日赤病院で診てもらったほうがいい、ということになって、そこで初めて、くも膜下出血の疑いがあると診断された。即日入院となった。

母は付き添いとして病院に泊まり込むことになった。そうなると、家にわたしを一人残すことになる。それはできないので、父の姉の赤松の伯母さんが家に来てくれることになった。その年の春から、中学生になった兄は家を離れて山口市内の中学に通いはじめていた。それは父が決めた。父は兄を田舎の中学にではなく、山口市の中学、高校へと進ませ、そのあとできれば東京の有名大学に進学させたいと考えていたらしい。おれは山口へは嫌々行ったんだよ、と大人になってから兄は言った。

赤松の伯母さんは驚くほど優しかった。なんでも言うことを聞いてくれたのは、一人で留守番するわたしを不憫《ふびん》に思っていたからかもしれない。早い時間に夕飯を作ってくれ、食べ終えてもまだ外が明かるいとき、「ちょっと圭子《けいこ》ちゃんちに行ってきてもええ?」と尋ねると、「近くならええよ。行っておいで」と言ってくれる。母なら絶対に許してくれるはずのないことを、優しい笑顔で「ああ、ええよ」と言ってくれる。

父が「赤松のお姉さんは頭がええ」と言うのを何べんも聞いていたから、頭がいい人だから優しいのかもしれん、と考えたりした。するとわたしはたちまち図に乗って、隣の文房具店で見つけて前から欲しかった卓上鉛筆削りを「鉛筆削りがね、あると勉強に役立つんじゃけど」と頼み込んだ。以前、母にねだって、だめだと言われたことは言わずに。伯母さんはあっさり「ええよ」と返事して、お金を渡してくれた。

伯母さんと暮らしたのは三週間くらいだったかもしれない。その間、一度だけ伯母さんに連れられて、父が入院している山口市の日赤病院に行った。父の病室の緑色のドアには「面会謝絶」の板がさがっていて、病室の窓という窓はすべて黒いカーテンで覆われていた。

父はベッドに横になったまま、伯母さんに、もう大丈夫だから、というような話をした。わたしは習いたての九九を病室のなかを行ったり来たりしながら唱えて父に聞かせたあと、窓のカーテンにもぐり込んで病院の庭を見た。病室には三畳ぐらいの畳の部屋もついていて、こんなところでちょっと暮らしてみたい、と考えたりした。

父が死んだのはそれから間もなくのことだった。

朝早く、家の電話が鳴った。電話を切ったあと、暗い顔で伯母さんは急いで朝ごはんを誂《あつら》えてくれた。でも自分は食べずに、わたしが食べているそばで両手で顔を覆っていた。

伯母さんに連れられてディーゼルや電車やバスを乗り継いで病院に着くと、父はもう死んでいた。

病室に入って最初に目に入ったのは、掛布団の下からわずかに見えている父の足の裏だった。血の気の失せた足を見たとたん、あ、お父ちゃんは死んでしまった、と思った。

でも父の死を感じたのはそのときだけで、大人たちが泣いている姿を見ても、解剖された頭を包帯でぐるぐる巻きにされた父の姿を見ても、通夜やその町での火葬のときも、玖珂《くが》に帰ってからの葬式のときも、父の死は、どことなくよそごととしてしか感じられなかった。

夜、家に弔問客があって、母がその人の前で泣くのを見ても、どことなくわざとらしく思えた。父がいる感じはまだそこらにあった。父の人生が終わってしまったことを受け取りそこねていた。

ジークフリート・レンツの**『アルネの遺品』**は亡くなった友の記憶を辿《たど》る小説である。だれかの死後、残るのはいろんな記憶だけで、そしてその記憶はひとまとまりにされることを拒む。

ハンブルクに住む主人公「ぼく」の家に、ある日、父が、親を亡くした十二歳の「アルネ」という少年を連れてくる。アルネの父親は家族全員を道連れに自殺を図ったのだが、アルネ一人助かった。アルネの父親と友人だったぼくの父が彼を引き取ることにしたのだ。けれど、しばらくぼくたちと暮らしたあと、アルネは自殺とも思える亡くなり方をしてしまう。そのことにぼくたち家族は衝撃を受ける。そして、耐えがたい日々を過ごしていたぼくに、両親はアルネの遺品の整理を少しずつしてほしいと頼む。物語はそこから始まる。

気がすすまないままアルネの遺品を片づけはじめたぼくは、しだいに、自分のことをほとんど喋《しゃべ》らなかったアルネのさまざまな姿や言葉を思い出しはじめる。

ぼくとおなじ部屋に暮らしたアルネはいつも控えめだった。ぼくの邪魔にならないよう気を配りながら勉強をしていた。その成績は教師に「いままで教えたなかで一番非凡な生徒です」と言われるほどだったが、ときどきアルネは学校で呼吸困難の発作を起こした。

アルネの遺品を整理しているあいだ、友情の掟《おきて》に背いているのではないかというぼくの良心の呵責《かしゃく》はつのっていった。そして彼がもしものときのために大切にとっておいたあれこれのものに触れるたびに、彼の世界、彼の夢、彼の隠された希望を自分が侵犯しているような気がしてしまった。

アルネはさまざまな物を遺していた。夜間双眼鏡や、遠くフィンランドの友人からの手紙のほか、一見なんの役にも立ちそうもない物——ぼろぼろになった救命ベスト、継ぎを当てた魚捕りの仕掛け、先端が欠けたバタフライナイフ——たち。

アルネの遺品を箱に収めていくうちに、ぼくはアルネの清らかさに気づく。アルネは自分の置かれた状況に耐え、自分の能力は隠しつづけ、他人の気持ちを思いやり、だれかの役に立ちたいと願っていた。しかも、そのことを彼自身にさえ気づかせまいとしていた。だから周囲のだれからも、アルネはちょっと変わった奴としか思われていなかった。

父の工場には警備員として働く「カルック」という男がいる。エストニア出身のカルックは、人に騙《だま》されて命を失いかけたあと、騙した男を撃って刑務所に入ったという経歴の持ち主で、無口で、めったに人を寄せつけない。そのカルックがアルネにだけは心を開いた。家族揃《そろ》って舟でエルベ上流にピクニックに出かける朝、ほかの者は気に留めなかったのにアルネだけは「カルックさんは一緒に来られないの?」と彼を忘れなかった。そして同行したカルックとアルネは、ほかの家族から離れた場所で笑いながら話をしていた。

そんなアルネとカルックだったが、ある夜、カルックが襲撃される事件が起きる。怪我をしたカルックをアルネは介抱しようとするのだが、カルックは、アルネもその一味だったことを知って介抱を拒絶する。アルネは悪事が行われるとは知らずに誘われるままに仲間に入っていただけなのだが。

ぼくにわかっているのはそれくらいだった。なぜアルネは泳げないのに一人ボートで沖に出たのか。死ぬつもりだったのか。それとも事故なのか。アルネを乗せたボートは帰ってこないままだ。もしかしたら、アルネはどこかでいまも生きているのだろうか。何もわからない。

いろんな記憶を掘り起こしてもアルネに近づくことはできないんだ、とぼくは知る。覚えているのは言葉遣いや、眼差しや、ちょっとした振る舞いばかりで、こんな人物だった、と括《くく》ることは永遠にできはしない、と。


わたしはきっとまだ一年生で、ということは兄は五年生だった。夕方、日が暮れても兄が帰ってこなかった。父はもう家に帰っていて、母は台所仕事をしていた。

父が「元《げん》はどこに行ったんか」と母に尋ねると、母は「さっきまで運動場で野球をしょりましたから、もう帰るでしょう」と答えた。「暗《くろ》うなっては球が見えんでしょうから」と。

小学校の運動場は学校が引けてのちは子供の遊び場になっていて、いつも暗くなるまで子供たちの声がしている。台所の窓から、体育倉庫に阻まれてはいたけれど、運動場の様子は窺《うかが》えた。

夕飯の支度ができた頃になって、やっと兄は帰ってきた。

兄はそのとき、たしかバットだけは持ち帰ったと思う。兄は少し前にバットとグローブとボールを買ってもらったばかりだった。

母が「グローブはどうしたの」と聞いたのだったか、兄のほうから「グローブがなくなった」と言ったのだったか覚えていないけれど、母は「どうしてなくなったん」と聞いた。

兄は「〇〇くんが貸してって言うたから貸したら、なかなか返してくれんかった。そのあと、みんなが『帰ろう』と言うたけえ、グローブを探したら、なかった。ボールも。〇〇くんに聞いても知らんちゅうし」と答えた。

母は「まあ、あんな高いものを。そのままにしちょったら、だれかに盗《と》られるよ。もう一回探しに行っておいで」と言った。

兄はたぶん、家に帰るまで、もう嫌というほど運動場を探したのだ。それに運動場はまっ暗になっている。

「ぼかあ嫌だ。もう行かん。お母ちゃんが行けばいい」と言った。

わたしは父と六畳間にいて、そのやりとりを聞いていた。

突然父が立ち上がった。

「元、こっちに来い」

兄がそろそろ父に近づくと、父は兄の肩をわし摑《づか》みにし、「親に向かって口ごたえをするんか」と怒鳴りつけた。そして兄の口をひねりあげた。

電灯の下で仁王立ちになった父の憤怒《ふんぬ》の顔と、泣き声をあげる兄を、わたしはすぐそばで見ていた。恐ろしいものが父のなかから噴き出している。なんでそんなひどいことをするのか。そんなことをされなきゃいけないどんな悪いことをお兄ちゃんがしたというのか。

わたしは父と兄を見ながら、このことはぜったいに忘れん、と思った。わたしの知らない父だった。

子供の頃、幾たび、このことはぜったい忘れん、と思ったことか。思ったのに、いつのまにか大方のことは忘れて、ぜったい忘れん、と思ったそのときの気持ちだけ残った。でも、この夜のことは電灯の明かりまで覚えている。


わたしは朝鮮時代の父については何も知らなかった。父から朝鮮の話を聞いたこともない。幼かったわたしにわかるように話すのは難しかったからかもしれないし、朝鮮には先妻との生活があり、その話をわたしたちにするつもりはなかったのかもしれない。

わたしが父の遺した朝鮮に関係する書類を家に持ち帰ったのは、母が死んだあと、実家を片づけたときだった。それまで、そんな書類があることさえ知らなかった。

書類をわたしはぱらぱらっと見て、そのまま天袋にしまい込んだ。ここには父の朝鮮時代があると思いながら、そのままにした。日本の植民地だった朝鮮に二十年も住んでいた父について、いつかは知らなければならないと思いながら、なんとなく先延ばしにしていた。

それを天袋から下ろして見たのは、母が死んで十年ほどもたってからだ。

黄ばんだ書類を開いてみると、朝鮮についての書類というより、それは引揚者に給付される給付金請求の書類だった。ほとんどが朝鮮で所有していた土地に関するものだ。

父は大正十四年に朝鮮に渡り、忠清南道というところで引き揚げるまでの二十年を過ごした。朝鮮の人たちから（おそらく、おそろしく安い金額で）土地を買い、農業を営み、朝鮮の人たちを小作人として（おそらく、おそろしく安い賃金で）使っていたんじゃないか。朝鮮総督府の前で、お偉方と一緒にいばって写っている写真もある。

敗戦の年の十月に、まだ朝鮮にいた父のところに地元の青年団の若者が訪ねてきた、という文書もある。土地を返してほしいと迫られた、と父は書いていた。それは警察に、取り締まるよう嘆願する文書だった。

父は二十五歳で朝鮮に渡り、四十五歳まで、人生の大半をその地で過ごした。その間、おそらくあたりまえのように所有地を広げ、広大な土地を所有した。父はきっと、それを自分の才覚だと思っていたにちがいない。

日本の統治下、父に土地を奪われるように売り渡すしかなかった人々は、どんな思いでその二十年を生きただろう。父の小作人となった人々は、その間どんな暮らしに甘んじていたことだろう。

二十年その地にいて、父に朝鮮人の友だちはいたのだろうか。

わたしの知っている父など、ごく一面でしかない。それはわかっていたけれど、父がどういう人間だったのか、考えようとすればするほど、その端からその姿が曖昧になっていく。知っていると思っていた父の後ろに、知らない顔が隠れている。そしてその顔を知ることは永遠にできない。

3

目の奥

六歳まで住んでいた家の白っぽい縁側は触るとつるつるしていた。その縁側の先の、曲がり角には上から吊《つ》るされた緑色の手洗い器があって、底のカランを手のひらで押し上げると水が出る。水が落ちるのはじゃり石の上で、そばにトクサが生えていた。その角を曲がったところが便所で、便所の戸の小さい木の把手《とって》を横に動かすと、カタと音がする。

縁側が面している庭には池があって、池の縁石のうち一つだけ角が尖《とが》っていた。家の奥、竈《かまど》のある炊事場を出ると石畳で、そこに木の蓋が半分だけかぶせてある井戸があった。その先、屋根づたいに納屋があり、納屋の隣には住み手のいなくなった暗い牛小屋がある。牛、ここにいたのか、と、ときどき格子の間から暗い牛小屋をのぞいた。牛小屋の前の土は黒くて、いつも湿ってつるつるしていた。

竈《かまど》のある炊事場を反対側に出ると、物置につづいて風呂場がある。夜、物置の軒下をたどって父と兄が先に入っている風呂場に向かうとき、左手の母屋の先に蔵の白壁がぼうっと見える。その先に広がっている暗闇が恐ろしくてたまらない。昼間、自分がそこで遊んでいたとは思えなくて、邪《よこしま》なものが満ちている気がする。

風呂場の脱衣場の壁には、髪を島田に結い、薄桃色の着物を着た女の大きな写真が貼ってあった。その人は斜に座り、うっすら笑みを浮かべている。風呂に入るたび、その人を見ながら服を脱ぎ、その人を見ながら寝間着を着た。昼間、かくれんぼをしていて、風呂場に隠れて、ふと目をやると、その人が薄暗がりのなかでほほ笑んでいる。それは酒屋がくれたポスターだと知ったのは、だいぶあとになってからだった。

風呂のなかで、父は「子供のころ、火の玉を見た」という話をした。父の祖父と夜道を歩いていると、祖父が「あれが火の玉だ」と教えてくれたという。見ると、近くの小山の峰あたりを赤い火がふわふわと飛んでいたそうだ。

風呂場の暗いガラス窓を見ながら、その話を聞いた。その窓のずっとむこうには小山があった。もしかしたらあのへんを、いま火の玉は飛んでいるかもしれん、と思う。

　門を入ったところに柳が一本立っていた。幹は子供の腕では抱えきれないほどの太さで、仰ぎ見ると高いところで葉が揺れていた。その木が頭に浮かぶと、その木の下に立つさんちゃんを思い出す。

　さんちゃんは国道二号線の建設現場で働いている人で、まだ十五、六歳だった気がする。はじめ、「水を飲ませてもらえませんか」と、うちに来たように思う。母が応対し、「お里はどこ」というようなことを聞いた。さんちゃんは中国地方ではない、どこかもっと遠いところから来ていた。

　またいらっしゃい、と母が言ったからか、そのあと毎日、休憩時間になると、さんちゃんはやって来るようになった。そして、わたしや、隣家ののんちゃんと遊んでくれる。柳の下で、毎日ハンカチ落としをした。三人かわりばんこに。さんちゃんの広げた手に掛けられた白くて大きい木綿のハンカチをいくら狙って取ろうとしても、瞬間、さんちゃんはハンカチをぎゅっと握る。ぜったい取らせてくれなかった。悔しがると、さんちゃんは笑う。さんちゃんはいつもにこにこ笑っていた。

　さんちゃんはほかの大きい人のように、えらそうな口のきき方をしないで、どことなく恥ずかしそうにしていた。さんちゃんは背が高くなく、いつも縁のある木綿の帽子をかぶっていた。わたしとのんちゃんはさんちゃんが大好きになって、毎日、さんちゃんが来るのを楽しみに待っていた。けれど、やがて工事現場はうちの前からだんだん遠ざかっていき、いつのまにかさんちゃんは来なくなった。

どろりんと丸い形をしているらしいわたしの脳のどこに、こんなことがこびりついているのだろう、と思う。人に言ってもしかたのない、こんな薄紙の切れ端みたいな記憶がときどき浮かんでくる。

見ようと思って見たわけではなく、目に入ったから見ただけのもの。幼いときはだれでも、意味もなく、ただ見ているんだと思う。

ときどきスーパーなどで、母親に抱っこされている子供と目が合うことがある。母親のほうは当然、食材などを見るのに忙しいのだが、腕のなかの子供はよそのほうを見ている。目が合うと、わたしは目ん玉を大きくしてみせたりする。まれに笑い返してくれることもあるけれど、たいていの子は、それまで見ていたクラッカーの箱を見る目でわたしを見て、それから視線をわたしの横の女の人の帽子に移して、また帽子をじっと見る。

幼いときの、目に入ったから見たもののほとんどは忘れ去られるはずだが、何かの拍子に脳のどこかにひっかかることがあるのだろう。目の見えない子供は、たぶんたまたま耳に入ったことや、触れたことや、嗅いだことなどがひっかかっているかもしれない。ひっかかった薄紙みたいな記憶はどうしてだかずっと残って、そのいくつかはきっと死ぬまで消えない。

石井桃子の**『幼ものがたり』**には、幼いときに暮らした町の通りや、家のなかの様子、家族のふるまいや、近所の人々の姿などが描かれている。時代は明治の終わり頃。

毎朝お姉さんに髪を梳《と》かしてもらっていた小部屋の荒土の壁の、ちょうど目の高さに貼ってある古ぼけた新聞に載っている立派な服を着た人の写真。畑に行って母親に抱きついた時の母の匂い。二歳くらいから五歳くらいまでの記憶だ。

あるとき、友だちと一緒に家の裏手に茂っている「竜のひげ」の茂みを見おろしていて、「私」は思いがけないものを見てしまう。細い葉っぱのあいだから一本の指が空を指差してつっ立っていたのだ。ぎょっとして、「恐怖というよりも、あるものがあってはいけないところに、あったという、異常な、いやな感じ」がして、母を呼びに行く。母もすぐに見に来てくれるけれど、そのときにはもう指はなくなっている。

一緒に暮らしていた祖父が亡くなったときのこと。体を清めてもらっている祖父を見ているうち、「私は何ともいえない気もちにうちのめされた。私は、そこにじっと立っていることができなくなって、表の部屋から土間に降り、庭に出る出口から、まっ暗な外に出た」。すると姉が追っかけてきて、私に「牛込《うしごめ》で鮎《あゆ》ちゃんて女の子が生まれたんだって」と言う。

そのときのことを石井桃子は「いま考えると、祖父の死が私に感じさせたのは、無常観であるとしか思えない。いつも火鉢の前にじっと座って、私を『たまご』とよんでくれた祖父が、日ごろ、私にあたえてくれたものは、幼児にとって、そのくらい重かったのだと思えてならない」と書いている。

神沢利子の『**いないいないばあや**』で描かれている幼い日々もきらきらと光に満ちているけれど、でもそのすぐそばで、たえず揺らめいているのは「自分が、いまここにいる」ということがあやふやになりそうで、怖がっている気持ちだ。

六人姉弟の五番目に生まれた「橙子《とうこ》」は、ほとんどばあやの手によって育てられた。ばあやは橙子をとてもかわいがってくれ、ときどき幼い橙子を「いないいない、ばあ！」をしてあやしてくれる。それは二歳か三歳の頃の記憶で、あるとき、ばあやが「いないいない」を唱えながら両手で顔を隠したきり、いつまでたってもその手をはずそうとしない。橙子がいくら呼んでも、ばあやは石のように黙り込んで動かない。

わらわらと風のようななにかが橙子を背なかから包んでいき、顔をふさいだばあやの両手の裏側でなにやら恐ろしいことがはじまりそうな気がする。

ばあやがいまにも「変化《へんげ》のもの」に変わってしまいそうな気がして、橙子は怖くなって泣きだしてしまう。そんな橙子なのに、別のときには大きいお兄さん相手にエプロンの裾で顔を覆って、自分で「いないいない。とこちゃんいないいないよ」とやってしまう。そして「ばあ！」とエプロンをおろすと、こんどはお兄さんたちが「変だな。とっこのやつ、いないいないいってどこへいったんだ？」と、あたりをきょろきょろ見まわして、いつまでたっても目の前にいる橙子を見つけてくれないのだ。橙子は「ここにいる。ここにいるよう」と泣き叫ぶ。

「自分が、いまここいる」ということが急にわからなくなるような怖さ。たぶん覚えがある。

兄がいると思って襖《ふすま》をあけたのに、薄暗い部屋のどこにもいなくて、家じゅう捜しても、いくら呼んでもどこかに隠れたまま出てこなかったとき、なんだかここにいる自分というものが急に小さく縮んでしまいそうで、ぞおっと怖くなった。

シロがいつ、うちにもらわれてきたのか、気がついたときには家にいた。玄関脇につながれていた。名前のとおり白い犬で、立ち上がると幼稚園に通っていたわたしより大きい。家の前で声がすると吠《ほ》え、一度、夜中に激しく吠えたてたことがあって、父か母が外に出てみると、門の前に大きい石が転がっていた。酔っ払いが石を投げつけたのだろう、ということになった。シロは放されていることも多く、すると、どこからともなく履物をくわえて帰って、犬小屋の前の穴に埋めている。

そのシロが犬捕りに捕まった。

帽子をかぶった、いかつい感じの男が玄関先に立っていた。

「お宅の犬を捕まえたけど、鑑札がついちょらんから、連れて帰るしかないね」と男は言う。

母は式台の手前、家のなかにかしこまって座っている。その後ろに立っていたわたしには何が起きているのかわかっていた。この人はシロを連れ去ろうとしている。

「今年の鑑札なら、すぐに貰《もら》いに行きますから」というようなことを母は言った。

「そんな話は通らんよ。いま鑑札がついちょらん犬は野犬じゃけえ」

男は譲らない。

わたしは気が気じゃなかった。いますぐシロを取り返してほしい。母が着ている割烹着《かっぽうぎ》の背中の結び目をぎゅうっと引っぱった。

「鑑札がない」、「すぐにもらいに行きます」、というやりとりを繰り返したあと、「どうしても返してほしいんなら」と男は言った。それから、なにがしかの金額を言った。

そのお金をいますぐ男に渡してほしい、とわたしは思った。いますぐ。

だが母は「そねえなことを言われても、主人に聞いてみなきゃ、わたし一人じゃ決めかねますけえ」と答えたのだ。

わたしは母の背中をどんどん叩《たた》いて泣いた。早くお金を渡してほしい。シロを返してもらいたい。

「話にならんの」

男は突き放すように言って帰っていった。

わたしは泣きながら絶望していた。お母ちゃんのばか。わたしはそのとき、自分が子供であることの無力さをいやというほど思い知らされていた。

夕方、帰ってきた父に母がそのはなしをすると、父はお酒を持って男の家に出かけていった。けれど、犬はもう保健所に連れていったと言われたそうで、父の帰りを待っていたわたしは何もかも母のせいだ、と腹をたてた。そののちもずっと、そのことで母を恨みつづけた。

長谷川摂子の『**人形の旅立ち**』には五つの短編が収められている。ふわっとこの世ならざるものが混じり込んでいるのは出雲という土地のせいかもしれない。

「椿《つばき》の庭」には「こーえん」と呼ばれている家の畑が出てくる。「こーえん」は戦前までは庭園だった場所で、「いちご畑のわきに獅子《しし》のかたちをした大石がじゃんとすわっていたり、大根の畑のむこうに、まるく刈りこまれて、とりすましたつつじの植え込みがあったり、築地《ついじ》にそって、猫のひたいほどの竹林があったり」する。一隅には茶室も残っている。庭を畑にしたのは祖父だが、実際に畑仕事をするのは「虎おじじ」と呼ばれている昔から家で働いている老人だ。虎おじじにお茶を運んでいくのが「わたし」の役目で、わたしはその畑で遊ぶのも大好きなのだ。

夕方に畑の近くでおじじに会うと、「じょっちゃん、お早《は》よお帰りなんせや」と声をかけられる。「こげに晩じてから出なはると、魔《ま》モンがつきますに」と言う。そんなものはいないと返すと、おじじはさらりと「魔モンがつきましゃあ、もう家に帰れませんでね」と答える。

昭和の子であるわたしは、そういうことは信じまいとするのだが、「でも」とも思う。

そして、おじじがときどき言う「きみじょっちゃんに似とらすなあ」という「きみじょっちゃん」ってだれのことだろうと思う。

やがてわたしは、きみじょっちゃんは祖母の娘で、十歳で亡くなった子の名前だったことを知るのだが、おじじはなんでもないことのように「わしゃあまだ、きみじょっちゃんとたまに遊びますけん……死ないたことは死ないたが……たまにゃ、遊びます」と言う。それを聞くと、わたしは「頭の芯がさあっと暗《くら》んで、体が棒のようになって」しまう。

そして、五月の晴れた昼間、こーえんの柿の木に登っている時、わたしはきみじょっちゃんを見てしまうのだ。きみじょっちゃんは真っ赤な着物を着て、頭に紫色のリボンをつけて、きゃっきゃっと笑いながらおじじとかくれんぼをしている。それから、ふいっときみじょっちゃんは姿を消す。

なにかわけのわからない力にとらえられ、体が冷たくすくんでしまい、わたしはおろおろと柿の木のまたにうずくまってしまいました。

そして「なにかがわたしの体の中でみるみるふくれあがり」、うわあっと泣きだしてしまう。

柿の木から下りたわたしに、おじじは話してくれるのだ。「きみじょっちゃんは、遊びとうて遊びとうて、あの山の端《は》から飛んできなさる。そりゃあ、きみじょっちゃんは仏さんというより天人みたいでござすけんのう」と。

するると、わたしの前の現実の、その端がぼんやりと曖昧なもののなかにたくし込まれているみたいな気持ちになる。あの世とこの世はぼんやりつながり、人々が日々暮らしているこの町は地続きで死んだ人がいるという北の山の峰へとつながっている。

この世とあの世がつながっているような時間を生きている子供に、『**椿《つばき》の海の記**』（石牟《いしむ》礼《れ》道子）の四歳の「みっちん」もいる。

おかっぱの首すじのうしろから風が和んできて、ふっと衿足《えりあし》に吹き入れられることがある。するとうしろの方に抜き足さし足近寄っていたものが、振り返ってみた木蓮《もくれん》の大樹のかげにかくれている気配がある。

みっちんは自然のなかにまぎれ込むように野や海や川を歩いている。父はみっちんに「やまももの実ば貰《もら》うときゃ、必ず山の神さんにことわって貰《もら》おうぞ」と教える。

みっちんは、正気を失って「神経殿《どん》」になられた祖母の「おもかさま」の背中に甘え、おもかさまのもつれた髪を自分なりに結ってあげたりもする。親の野良仕事にもついていき、まだ新しい街筋を行き来する一人ひとりの人をじつによく眺め、一人芒《すすき》の穂波のなかにもぐり込めば「わたしは白い狐《きつね》の仔《こ》になっていて、かがみこんでいる茱萸《ぐみ》の実の下から両の掌を、胸の前に丸くこごめて『こん』と啼《な》いてみて、道の真ん中に飛んで出」たりもするのだ。

ものをいいえぬ赤んぼの世界は、自分自身の形成がまだととのわぬゆえ、かえって世界というものの整わぬずうっと前の、ほのぐらい生命界と吸引しあっているのかもしれなかった。

幼い日々がこの本のなかでは一筋の光となって、どこまでもどこまでも、水の底まで、森の奥まで、家の奥のほの暗い部屋の隅まで差し込んで、さまざまな生命を映し出している。

現代にあっても、親が携帯電話の画面をのぞき込んでいるそばで、幼い子はその日々をこの世とあの世との境目を行き来するようにして過ごしているんだと思う。

佐野洋子も幼い日々、あらゆるものを目に写し取り、それをそっくりそのまま目の奥か、あるいはお腹のなかに、それも底のほうにではなく、わりあい皮膚に近いところに溜《た》めている人だった。『**右の心臓**』には、敗戦後、大連から家族で引き揚げたあと、父の郷里で暮らした日々が描かれている。

ある日、村の子供たちとは違っているという理由で、「兄さん」が村の男の子たちに殴られることを「ヨーコ」は察知する。放課後、公民館に小学生、中学生が集まって夜まで歌や劇の練習をしたあと、おなじ道を帰る男の子たちの目つきを見て、ヨーコは、今夜、帰り道で兄さんは殴られる、と確信する。するとそれを察してか、年上の「ヨシオさん」が一緒に帰ろうと言ってくれる。

みんなシーンと黙って歩いた。時々ヨシオさんはうしろをふり返った。ヨシオさんがふり返ると、男の子たちは急に下を向いた。わたしは道だけ見て歩いていた。ヨシオさんの足はわらぞうりからかかとが全部はみ出していた。すごく足が大きいんだ、とわたしは思った。こんなに足が大きかったらすごく安心だと思った。わらぞうりからはみ出したヨシオさんの足だけ見てわたしは歩いた。

子供のたたかいが描かれている。この日はなんとか兄さんは難を逃れるが、結局ヨシオさんのいない晩にめちゃくちゃ殴られる。

子供の日々はいろんなものとのたたかいでもある。そして見えない血を流してもいるのだが、佐野洋子はその感傷に浸ることなく、思い出を懐かしんだりもしないで、見たこと、感じたことをそのまま書く。

ヨーコが大好きだった兄さんが生まれつきの病気で亡くなったときのことが書かれている。苦しむ兄さんを見るヨーコの目は大きく見開かれていた。


母さんはずっと優しくわたしのひたいをなでながら、ボロボロッと涙を流して、

「ヨーコは兄さんの分も一生懸命生きるのよ」

と言ったので、わたしは母さんが自分でない母さんのふりをして自分でうっとりしているみたいだなあと思っていやだった。すごく嘘《うそ》くさいと思っているのにそんなこと言えなかったからわたしは、

「うん」

と言ったら、少し涙が出て来たけど、それ以上は出て来なかった。母さんはわたし

よりも兄さんが好きでわたしのことをきらいだったの、わたし知ってるし、（略）兄さんが死んで急にわたしに優しくなった母さんは気持悪かった。

この子供はきれいなものも汚いものも分け隔てなく、ぎっと見つめている。年取った人が子供時代をふり返るとき、変な味つけをして美化したり、いいことばかりを懐かしんだりすることがあるけれど、佐野洋子はそんなことはしない。見たままを終生目の奥にとどめていた。その記憶の鮮明さ、眼力に驚く。

佐野洋子ほどの人はそうそういないにしても、子供のときに目の奥に取り込んだ記憶は、どのようにしてか、もしかしたら脳というよりも、その人の体のわりにまんなかあたりに留まっているのかもしれない。普段は忘れられていても、ときどきひらひらと浮かび上がっては、その人がそうだと気づかなくても、その人をそっと支えているんだと思う。

4

川の夢

家の横の小道を挟んで、山のほうから流れくる細い水路があった。わたしたちは「川」と呼んだ。わたしとのんちゃんは。大人たちは溝と呼んでいたかもしれない。わたしたちはよくその川に入って遊んだ。

隣家ののんちゃんとわたしはおない年で、のんちゃんは七月、わたしは八月に生まれた。わたしは母が三十九のときの子で、のんちゃんのお母さんもわたしの母とおなじ歳格好だった。

のんちゃんには年の離れたお兄さんとお姉さんがいる。会ったことのないお兄さんは京都で映画俳優になっているそうで、一度ブロマイドを見せてもらったことがある。髪をポマードできれいに分け、斜めに座ってこちらを見ているお兄さんは映画俳優の顔をしていた。お姉さんは高校生で、朝早く自転車で登校し、夕方遅く、クラブ活動を終えて帰ってくる。

うちとのんちゃんの家はおなじ敷地に建っていて、戸をあけて数歩歩けばのんちゃんの家だった。わたしは毎日のんちゃんの家に行き、のんちゃんは毎日うちに来た。のんちゃんは愛らしい子供だった。わたしもなんとなくそう思っていたけれど、よそのおばさんがのんちゃんを見ると、きまって「まあ、かわいい」と言うから、やっぱりそうなんだ、と思った。茶色っぽい髪はくるくるカールして、目はぱちりと大きく、ほっぺが丸い。のんちゃんはいつもにこにこ機嫌良く、わたしが、ああしろ、こうしろと言っても、嫌と言うことがない。気立てもいいのだ。

わたしたちは川に入って小魚を掬《すく》おうとしたり、川べりの草をちぎって投げ入れたり、川底の小石を拾ったりする。ゆるい流れで、水かさは三、四歳のわたしたちの膝くらい。川のなかから眺めると、見慣れた道も家の白塀も遠くよそよそしく見える。国道は大きく目の前に立ちはだかり、空は広々としていた。

川は国道と、そのむこうの国道と平行して走っている線路の下をくぐって、その先の、どこまでもつづく田んぼのほうへと流れくだっていた。

川のなかに立つわたしたちの目の前には、国道と線路の下をくぐる土管が口をあけている。暗い土管のトンネルのずっと先には出口の光が見えていたが、親から止められているので、わたしたちはそっちへは近づかない。流した草などがトンネルに呑《の》み込まれていくのをただ見送っているだけだ。

ところがあるとき、むこうまで行ってみたい、という気になった。たぶん、わたしが言いだした。わたしは腰を曲げ、土管のなかへ入っていった。

なかは暗くて、トンネルは思ったよりずっと長く感じられた。そろそろと、先に見える明かりをめざして、転ばないよう気をつけて水のなかを進む。だけども出口はなかなか近づいてこない。土管は狭く、壁には黒い苔《こけ》のようなものがびっしり生えている。そこに体がくっつかないよう体を縮めて進み、そして背中と首がいよいよ苦しく我慢できなくなったとき、やっとむこう側に出た。

ほっとして、まぶしい光が嬉《うれ》しくて両手を広げた。やり遂げたことをだれかに自慢したくてたまらない。わたしの後ろからのんちゃんも出てきた、と思うのだが、もしかしたら土管をくぐったのはわたしだけで、のんちゃんはそんなばかなことはせずに、出口にまわって、わたしを待っていてくれたのだったかもしれない。

気がつくと、わたしのパンツは水に浸かってびしょびしょになっていた。わたしはすぐさまパンツを脱ぎ、絞ってからまたはいた。


わたしが三つのときには小学一年生になっていた兄は町の小学校にバスで通っていた。わたしもじき町の幼稚園に通うようになったのだが、バスではなく、どこまでもつづく国道二号線を歩いて通った。兄だけがバス通学だったのは、小さいときの兄が病気がちというほどではなかったにしろ、体があまり丈夫ではなかったからだろう。そのことを、べつにうらやましいとも思わなかった。

学校から帰ってくると、兄はたいてい線路のむこうに住んでいるおない年の男の子たちのところへ遊びにいく。県道沿いに住むその子たちとは学区がちがっていて、その子たちは高森小学校に通っているのだが、年の離れたわたしたちと遊ぶよりずっと面白かったのだろう。わたしたちの住んでいた村は隣町の高森との境にあったから、数軒離れただけでべつべつの小学校に通っていた。

たまに兄たちが一緒に遊んでくれることがあった。線路むこうの下の道の男の子たちがやってきて、かくれんぼをするときなんかは仲間に入れてくれる。きっと人数が多いほうが面白かったからだろう。

庭のつつじの陰に隠れたり、蔵の後ろにまわり込んだり、裏の炊事場を通って、のんちゃんの家のほうへそろそろ進んだりした。庭の池と塀のあいだに小さい築山があった。その築山の裏がわたしのいちばんの隠れ場所だった。築山の裏側は石積みになっていて、その石積みと塀のあいだのわずかなすき間に体を押し込む。大きい子には入れない狭さで、そこにいるとなかなか見つからないのだ。オニの足音に耳をすましながら、目の前のきれいに積まれている形のちがう石と、その隙間に小石や土が詰まっているのを見ている。石のあいだから細長い葉っぱが生え、苔《こけ》も生えている。

築山には楓《かえで》やつつじが植えられ、石も配されていたけれど、いつも子供が遊びまわっていたし、手入れが行き届いているようではなかった。その築山から、石づたいに下の池の縁まで下り、そこから池のなかの石へ飛び移ってから、池の外に飛んで出る。それをしてはいけないと何度言われても、勇気を奮い起こして「えい」と飛ぶときの、自分のなかから力がぐいっと飛び出す感じが面白くて、池を飛ぶのはやめられない。

池の縁に並んでいる石や、置かれっぱなしの白や青の植木鉢。縁側の前の大きい沓脱《くつぬぎ》石。どれもずっとずっと昔からここにあるもの、と思っていた。これから先もずっとここにありつづけるにちがいない、と疑わなかった。この家は借家で、わたしたちが住みはじめて数年しかたっていなかったのに、この家で生まれたわたしにはこの家こそわたしの家だった。

ずっと変わらずにあるものなどない、とは思わなかった。門も。

毎日、のんちゃんと一緒に腰かけて、飽きずに国道を眺めていた門の敷居も、ぶらさがってギイギイあけ閉めした白茶けた門扉もずっと昔からあったものだし、これからもずっとあると信じていた。錆《さ》びた乳鋲《ちびょう》も太い閂《かんぬき》もわたしにくっついているものだった。敷居に腰かけて地面を見ていると、どこか知らない場所にいるような気がすることがあった。

家で、遊び相手もいなくて炬燵《こたつ》で一人寝転がっているときなんかに、炬燵布団の柄に入り込んでしまうこともあった。

炬燵布団は母がいろんな端切れや、家族の古くなった服などをほどいてはぎ合わせて作ったものだった。その布団の柄を見るともなく見ているうちに、いつのまにか草の柄にもぐり込んでしまう。緑の草のなかをぐいぐい進んだあと、隣のチェック柄ではごちゃごちゃと踏み迷って、そのあと髪に赤いリボンをつけた肌の黒い女の子と遊んでいるうちに、檻《おり》のようなぎざぎざ柄に捕まってしまい、するともう、そこはどこまでもつづいているどこかだった。

いつだったか、喫茶店でアイスコーヒーを飲んでいると、隣のテーブルで、子供を連れた女の人が友だちらしい人と向かい合ってお喋《しゃべ》りをしていた。

夢中で喋っている母親の隣で、五歳くらいの男の子は後ろの壁のほうを向いて椅子に立ち、小さい声で何か呟きながら壁紙の波の柄を指でたどっていた。この子もいま、波にもぐり込んでるんだな、と思った。


ユベール・マンガレリの**『しずかに流れるみどりの川』**の「プリモ」は、フランスの田舎町に暮らす七つか八つの男の子だ。「父さん」と二人で暮らしているプリモは、身のまわりのものをじっと平らに見つめる。

父さんのシャツの柄、コーヒーを入れたボウルからあがる湯気、ハエがブラインドの隙間に見え隠れしながら登っていくようすなどを見つめ、窓からの朝の光、床に並ぶ百個の小瓶、父さんが稼いだお金を入れる空き缶、庭に干した洗濯物を見つめる。一つ一つがただそこにある。それらに意味があるかといえば、意味はない。でも、ないかというと、ないことはない。

また、プリモは草むらのなかをただ歩くのが好きだ。背の高い草のなかを歩いているときが、プリモにとっては一日でいちばん大切な時間といってもいいくらいで、そこに紛れ込んでいるとき、プリモはプリモでいながらいつものプリモではなくなっている。

プリモの父さんは工場をクビになったあと、働かせてもらっていたトマト畑で、ひと籠トマトを失敬したばかりに雇い主を怒らせてクビになり、いまではときどきだれかの家の草むしりや芝刈りをしている。

つましい暮らしだけれど、二人には希望がある。つるばらの苗を育てているのだから。小さな空き瓶に、庭に落ちたばらの種を父さんが植えつけたものが百個。その世話を二人で毎日している。いつかつるばらの芽が出て、それを育てて売れば大儲《おおもう》けができる、と父さんはプリモに言う。プリモはその話を信じ、いつかばらの苗が売れたら二瓶分の売り上げをもらいたいと考える。それからデパートに行って買い物をしたい、と。

友だちもいないプリモには、胸のなかにしまっている大事な記憶がある。小さかったときに暮らした町に流れていた川の情景だ。


その夜、ぼくは川の夢をみた。以前住んでいた町には川が流れていたから。水底に生えた藻のせいで、みどり色にみえた。みどり色のしずかな川だ。銀色の魚が流れにさからいながら水中にたたずんでいた。魚のからだが、藻のように波うっていた。

その川について、プリモは父さんに尋ねる。それはみどり色をしていたよね、と。そして、「ふたりで川へ釣りに行ったことを思いだしたいんだ。ぼくたち、あの川で釣りをしたことなんかなかったよね、それはわかってる。でも、ぼくが思いだしたいのは、そのことなんだよ」とつづける。

父さんから、釣りに行ったりはしなかった、と言われても、プリモは父さんと、鉛色の釣り糸を垂らして川のほとりに座り、大きな魚が泳いでくるところを思い浮かべる。それは青いマスだ、とプリモは思う。そして、いつかばらを売ってお金を得たら、デパートで何かを買うんじゃなくて川の支流を買おう、と思う。草むらを歩きながら、プリモは壮大な夢にくらくらする。

ほんとうにあったことと、まるでほんとうにあったかのように思えることがときどきまじり合う。そして、それが大切な記憶になったりする。いろんな空想と、ささやかな願いと、生活を支えているもののわからなさと、それから現実の時間と。そういうものがからまり合って、どれもがどれもに影響を与え、結びついてしまっている。そんな時間を生きているのは、きっとプリモが子供だからだ。

マンガレリは、ものごとの端っこで起きているかすかな変化や、言葉にしづらい気持ちや、記憶からこぼれ落ちてしまいそうな空想なんかも、まるで言葉にしやすいことのように書く。善いことも悪いことも、得たものも失ったものも、見たものも見なかったものも。そういうものが、いつのまにか輝きを帯びはじめている。

マンガレリの『**おわりの雪**』の「ぼく」は十くらいかもしれない。母さんと、病気で寝たきりの父さんと、三人で暮らしている。父さんの年金と、ぼくが養老院で老人の散歩の手伝いをして得るわずかなお金が生活費のすべてだ。父さんは快復の見込みがなく、母さんはときどき声を殺して泣いている。

そのぼくが、ある日、古道具屋の店先に籠に入った生きたトビが売り出されているのに気づく。とたんに、どうしてもトビが欲しくなる。

この物語でも、ぼくは父さんと、そうであったらいいのに、と願うお話の時間を生きる。毎日トビに会いに行っているうちに、ぼくは父さんに架空の話をするようになる。トビを捕まえた男に会って、捕まえたときの話を詳しく聞いたんだ、と。父さんはその話を気に入り、もっと詳しく話してくれ、とぼくに頼むようになる。ぼくは、まるでほんとうにあったことのように繰り返し父さんにおなじ話をする。そしてなんとかトビを手に入れなくては、と思い詰める。

そんなとき、養老院で世話になっている男からアルバイトの話がもちかけられる。数匹の子猫を始末してほしいと頼まれるのだ。ぼくは迷った末、お金欲しさに引き受けてしまう。わずかなお金を受け取るが、トビの値段にはとても届かない。だから、そののちまた、さらに辛いアルバイトをもちかけられると、それも引き受けてしまうのだ。

やっとの思いでトビを手に入れると、父さんの寝室に鳥籠を置いて、二人して生肉を食べるトビを見る。ぼくは父さんが喜んでいるのを嬉《うれ》しく思いながら、同時に大きい恐怖を呼び寄せたことにも気づく。トビを手に入れるために自分がしたことが、夜寝る前に蘇《よみがえ》るようになっていたのだ。

父さんはいよいよ衰弱する。

みじかい沈黙があった。父さんが、おだやかな声でいった。

「なぜだか思うんだ、父さんはこれからも、おまえとずっといっしょだって」

それは、ぼくの首をうしろからつき刺した。そして背すじをつたって下へ落ちた。ぼくはぱくぱくと口で息をした。それがさらに下へ下へと落ちてゆき、ついにひざまで達したのを感じたとき、ぼくのなかはすっかりからっぽになった。

少年はきっと、この日のことを忘れない。それまでの、夕日が差し込む部屋で父さんと一緒にトビを眺めた日々も。その喜びのために少年が行ったことと、それがもたらした苦しみも。すべて、だれとも分かち合えないこととして。

子供のときに見たり聞いたりしたりしたことのほとんどは、だれとも分かち合うことができない。

ある午後、母が兄を叱っていた。言うことを聞かないと言って怒っている。兄は七、八歳だったかもしれない。叱られているうちに、普段はおとなしい兄が癇癪《かんしゃく》を起こした。大声でわめきたて、何かを投げつける音がした。

いそいでそばに行くと、泣いている兄の前で母が布の手提げに手荒くいろんな物を詰め込んでいる。わたしと、ねえやさんのきくちゃんはただ見ていた。怒って、わたしのことなど見向きもしない母の姿に、わたしもきくちゃんもおろおろしていた。

「そんなにお母ちゃんの言うことが聞けんのなら、もう出ていくから。もう帰ってこんから」と投げつけるように言うと、母は下駄を履いて裏口から出ていった。

兄は止めようともせず、泣いている。わたしは裸足で土間におりると、母を追いかけた。

「どこに行くん?」「どこに行くん?」と何度も大声で聞いた。母は答えない。

持ち手の部分だけが横長の木でできている布の手提げ一つ持って、母は小走りに風呂場から薪小屋へまわる。そのまま、その先の木戸を押しあけて道に出ていった。

わたしも後を追って道に出た。いそいで家の裏の道へまわると、母が田んぼの横の細い道を走っていくのが見えた。

「おかあちゃーん」と大声で呼んだ。泣きながら何度も呼んだが、母は一度もふり返らなかった。その道のずっと先にはバス停がある。母はバスに乗って遠いどこかへ行ってしまうのだと思った。泣きながら、わたしはおしっこをもらしていた。足をおしっこでびしゃびしゃに濡《ぬ》らしながら、わたしを捨てようとしてる母に絶望していた。

さらに追いかけようとするのをきくちゃんが止めた。頭を撫《な》でてくれ、「パンツを履き替えようね」とやさしく言った。わたしは絶望したまますなずくしかなかった。おしっこをもらしたことが恥ずかしくて、みじめだった。

母は結局バスには乗らなかったのか、暗くなる前に帰ってきた。

幼いとき、家で身のまわりの世話をしてくれたのはねえやさんだった。生まれたときに家にいたのは若いきくちゃんで、二十歳前後だった気がする。若いときに病気をしたという母はわたしを産んだあと、しばらく寝込んだらしい。「あんたが重くて難儀をした」と、子供のときに何度も言われた。だからか、わたしは母におんぶされたり、抱っこされた記憶がほとんどない。抱っこされても「やれやれ重い」とすぐに下ろされる。遊んでもらった記憶もほとんどない。大人になって、兄から「おふくろはよう遊んでくれた」と聞いたときには驚いた。わたしはいくら記憶をたぐり寄せても、お手玉は母が教えてくれたな、と思い出すぐらいなのだ。

庭で遊んでいるとき、いつもそばについていてくれるのもきくちゃんだった。服を着替えさせ、ご飯を食べさせてくれるのも、わたしが何かしてほしくて名前を呼ぶのもきくちゃんだった。母は家のどこか奥のほうで「奥さん」をやっていた。なぜだろう、といま思う。母はどことなく奥さんっぽくしゃべり、奥さんっぽく振る舞っていた。あれはどういうことだったのだろう。父は引揚者で財産などなく、社員十人足らずの小さな会社を営み、田舎町の町会議員でしかなく、どこにも奥さん風を吹かす要素などなかったはずなのに。

きくちゃんは二、三年だけいて辞め、そのあとに来たのはふさちゃんだった。やっぱり二十二、三歳とか、それぐらいだったと思う。静かな感じの人だった。きくちゃんは明るい声でしゃべり、よく笑う人だったけれど、ふさちゃんは話し方も控えめだった。父の知り合いを通して、嫁入り前の家事見習いのためにうちに来ていたのではなかったかと思う。

ふさちゃんは黙って母の指図に従い、そしてわたしに絵本を読んでくれた。家でわたしに絵本を読んでくれたのはふさちゃんだけだった。大声で笑ったりもしなかったし、わたしを叱ったりもしなかった。わたしは自分の考えを押し通そうとする子供だったので、ふさちゃんにも、あれをして、これをして、と言っていたはずだが、ふさちゃんはなんでも言うことを聞いてくれた。

近所のよしのりちゃんのお父さんは一眼レフの写真機を持っていた。あるとき、「写真を撮ってあげるからうちにおいで」と、わたしに言ってくれた。めったにない機会に、母はわたしにちゃんとした服を着せようとした。母が服を探しはじめた柳行李《やなぎごうり》のなかに、わたしは白い木綿のワンピースを見つけ、それを着る、と言った。ずっと前に、やっぱりよしのりちゃんのお父さんに、うちの庭で、のんちゃんも入れて七、八人で写真を撮ってもらったときに着た服だ。

だが母は、それはもう丈が短すぎておかしいから、こっちのスカートにしなさい、と言う。黄色とえんじ色のチェックのひだスカートを差し出した。そんな変なスカートはぜったい嫌だ、とわたしは言い張る。母は、つんつるてんでみっともないから、そのワンピースはぜったいだめ、と譲らない。わたしは泣きだした。その間も、ふさちゃんは口を挟まずに、わたしのそばにいた。

「早くしなさい。おじちゃんを待たせちゃいけん」と叱られ、ついに変な色のひだスカートを履かされた。わたしはふさちゃんに連れられてよしのりちゃんの家に行き、写真を撮ってもらった。いまもあるその写真には、泣き腫らした顔のわたしの肩に手を置いた、よそゆきのワンピースを着たふさちゃんが写っている。

家で遊ぶときには、のんちゃんに対しても、よしのりちゃんに対しても、「こうやって」「ああやって」といばって指図ばかりしているのに、幼稚園ではわたしはだれとも口をきかなかった。

言葉が胸の奥で固まってしまって、どうしても口にのぼってこないのだ。それでも先生には褒められたくて、先生が話されることはどんなことも聞き洩《も》らさず、先生が「こうして」と言われると、そのとおりする。いったん話さないとなると、話すきっかけはますますなくなって、みんなも、あの子は話さない子だ、と思うのか、だれからも話しかけられない。のんちゃんがにこにこ先生とお話ししながら歩いていくその後ろを黙ってついて歩いた。ほかの町の子たちはみんな仲が良さそうに見えた。

わたしはでも、べつにさみしくはなかった。わたしが先生やみんなの考えていることがちゃんとわかっているように、きっと先生やみんなも、わたしが話さなくても、わたしのことはわかってくれているはずだ、と思っていた。園庭に、子供が三人も入ればいっぱいになる赤い屋根の小さいおうちがあって、ほかの子が入っていないときをねらって、わたしはそこに入った。湯呑《ゆのみ》や急須や皿や匙《さじ》などの木製のおままごと道具で一人で遊んだ。幸せだった。

お弁当の時間は、椅子を輪にして並べ、仲の良い子と並んで食べることになっていた。わたしはいつも焦って、一つだけ空いている席をねらって座ろうとする。二つ並んで空いている席に座ると、わたしの横にきまってよしのりちゃんが座ろうとするから。家に帰るといつも遊んでいるくせに、幼稚園でくっつかれるのは困ると思っていた。ほかの子に、田舎から来る仲良し組みたいに思われたくなかったのか、男の子にくっつかれるのを恥ずかしいと思っていたのか。一時間もかけて、のんちゃんと、よしのりちゃんと三人で、毎朝幼稚園に来ていたのに、わたしは自分だけ町の子みたいな顔をしたがっていたのかもしれない。

よしのりちゃんは、わたしの隣に空いた椅子がないと、わたしのそばで床に座ってお弁当を開く。それを見かねた先生から「成子《じょうこ》ちゃん、こっちの席で、よしのりちゃんと一緒にお弁当を食べたら？」と、二つ空いている椅子を指し示されたときには、自分のいじわるが見破られた気がして恥ずかしかった。

お弁当の時間にはよしのりちゃんを疎ましく思っていたくせに、帰り道はまた三人だった。途中まで見送ってくれる先生の片方の手はよしのりちゃん、もう片方の手はのんちゃんとつないでいる。わたしはのんちゃんの後ろから手を伸ばして、のんちゃんの手を握る先生の小指を握って歩く。それで不服はなかった。

そして先生と別れ、三人になって線路を越えて国道に出る頃には、わたしはおしゃべりで、いばりんぼに戻っていた。傘を振りまわしたり、歌をうたったりしながら遠い道のりを帰る。途中、桑畑のところまで来ると、「入るよ。蚕の葉っぱを取るんじゃけ」と二人に命じ、桑畑に入っていく。桑の実がなっていれば、もいで食べ、葉っぱを数枚ちぎった。

家では兄が蚕を数匹飼っていて、桑の葉が餌と知っていた。桑の葉を持って帰れば兄が喜ぶ。そんなことができるのはわたしがかしこいからだ、とうぬぼれながら、わたしは葉っぱをポケットにねじ込んだ。

5

道の果て

町の家は小学校のすぐそばにあって、家の裏口から出て垣根を出ると、小学校の運動場まで二十歩ぐらいだった。役場へも、病院へも、銀行へも近い。商店街もすぐそこだった。商店街とはいうものの、小さな町の商店街なので道幅も狭く、町の中心から少しはずれると、店は途切れる。

馬が荷車を引いて通ることもある家の前の道に立って、顔を右に向けると隣は文房具店。そのつぎに立派な門構えの家があって、夕方になると庭の奥から謡《うたい》が聞こえてきた。その家の、さらにむこう、路地を挟んで漆喰壁《しっくいかべ》の古めかしい農協の建物があった。

顔を左に向けるとまず小屋があり、それから小さな畑の先は、道に沿って一軒の家の壁がずっと商店街までつづいていた。壁にはところどころに引き戸や窓があったけれど、あいているところを見たことはなかった。その家の表側は商店街に面した丸久商店という洋品店兼雑貨店だった。店頭に赤い郵便ポストが立っていた。母に頼まれてはがきや切手や糸などを買いにいくと、かならず小柄なおじさんが奥からささっと出てきて、愛想よく物を売ってくれる。あの主人は婿養子らしいね、と母は言った。わたしにではなく、引っ越してきてじき親しくなったむかいの電気工事店のおばさんに。

それがどういう意味かわからないまま、わたしは丸久に行くたび、奥の座敷でおしゃべりしている奥さんや、奥さんのお母さんらしい太ったおばあさんの様子をうかがった。母がブラウスか何かを買いに丸久に行くのについて行くと、出てくるのは奥さんだった。奥さんはどことなく裕福そうな身なりをしていて、高い声でお愛想を言った。そういうときは、いつも白いカッターシャツを着ているおじさんは出てこなくて、店の前を掃いたり、水を撒《ま》いたりしていた。

商店街を右に折れると、荒物屋があって、餅屋があって、上杉商店がある。上杉商店は食料品店で、その向かいにもやはり食料品店の松井がある。母は、わたしにおつかいを頼むとき、「上杉にあるじゃろう」と言ったり、「松井に行ってみんさい」と言ったりする。上杉は野菜を売っていたし、味噌《みそ》を量り売りしていた。高野豆腐や、昆布や、寒天などが吊《つ》り棚にぎゅうぎゅう並べられている。

松井は駄菓子も売っているから、一人でふうせんガムなどを買いにいくのはもっぱら松井で、母がわたしに大豆を入れたざるを持たせて「お豆腐一丁と替えてもらっておいで」と行かせるのも松井。いつも割烹着《かっぽうぎ》を着て、小柄で丸っこい体つきの松井のおばさんは子供にも優しい。ふうせんガムの当たりくじを一度に七、八回連続して出したことがあった。わたしは興奮しておばさんに何かわめきちらしたにちがいなく、おばさんも「めったにないことじゃけえ」と喜んでくれた。

上杉は、いつ行ってもおばさんたちがおしゃべりしていた。初めておつかいに行ったとき、おばさんたちはおしゃべりをやめてわたしをじろじろ見、「あんた、あそこの商工会の家に引っ越してきた家の子？」と聞いた。

夕方、早く会社から帰ってきた父と、ときどき町を歩いた。父はいろんな店に立ち寄ってちょっと挨拶をする。柔道では黒帯の腕前という黒川薬局の太ったおじさんには頭をさげて二言三言話し、隣の下駄屋ではもう少し長く立ち話をした。バス停前の小間物屋でも長く話した。そこは、以前住んでいた村へ行くバスの停留所でもあったから、わたしは母に連れられて何度もそこからバスに乗ったことがある。「おじょうちゃん、大きくなっちゃったね」と店のおばさんに言われただけで、わたしは褒められた気がした。

松井の隣の池田屋旅館へも、父に連れられてときどき行った。テレビで大相撲を観せてもらいに。旅館に入っていくと、父は玄関からは上がらず、奥へ声をかけながら脇の通路を入っていく。その先に六畳ほどの部屋があって、部屋のまんなかに、まだめずらしいテレビが据えられていた。わたしが初めてテレビを見たのは池田屋旅館だったと思う。

相撲を観る前に、きれいなモザイクタイル張りの風呂に父と入った。浅く寝そべって入れる浴槽は片側にタイル張りの枕がついている。とってもしゃれてる気がして、わたしはなんとしても横たわりたくて、首を無理やり伸ばして寝そべった。風呂から上がると、父は一皿か二皿載ったお膳を前に、お酒を飲みながら相撲を観る。成山《なるやま》という力士が土俵に上がると、きまって「成子の成とおなじ字じゃろ」と父は言った。父は朝汐《あさしお》が好きで、朝汐が勝つと喜び、そのあと弓取り式まで観て、「さあ帰ろう」と腰を上げた。

買い物かごを提げた母と一緒に、夕方買い物に行くのは上杉でも松井でもなく、駅通り商店街にある「いしむら」だ。いしむらは店構えが大きく、調味料やお菓子の種類も豊富で、食料品だけでなく、小間物なども売っていて、のちに町で最初のスーパーマーケットになった。いしむらの長女のあっちゃんは、わたしとおない年でおなじ幼稚園に通っていた。いしむらのむかいには肉屋があって、いしむらの帰りに寄れるから、母にはそれも都合がよかったのだろう。肉屋ではソフトクリームも売っていた。

母が夕方、「いしむらに行くけど、行かんかね」とわたしを誘うことがあった。わたしは「行く」と答える。帰りに母が肉屋に寄ったら、ソフトクリームを買ってもらえるかもしれん、と考えて。

いしむらへ行くには小学校の運動場を横切る。運動場を過ぎると、左手にまだ新しい「東京パーマ」の看板を掲げたパーマ屋があって、その斜め前に小さな文房具店がある。お寺の白塀がだらだらつづいて、塀が切れたところに三角屋根の小さなキリスト教会があった。カナダ人宣教師のいる教会の表戸がたまに開いていることがあって、なかで女の子たちがバレエのレッスンをしているのが見えた。うちの近くの農協会館という映画館の子もバレエを習っていた。痩せて、茶色っぽい髪を長く伸ばしたその子は目鼻立ちがくっきりしていて、わたしは、ああいう子がバレエを習うんだなと思っていた。

教会を過ぎてカーブしている道の正面には、いつも閉まっている郵便局の裏口の白いドアが見えている。そこを曲がった先が駅通り。角に、家の横壁にリンゴ箱やブリキの缶を軒まで積み上げた果物や菓子を売る店があった。おない年のかずちゃんという女の子の家だったけれど、内気なかずちゃんとは、とうとう一度も遊ばなかった。

大人になるまで住んでいた町なのに、そして見飽きるほど見たと思っていたのに、いま思い返そうとすると、歩きまわった道と、道端の家ぐらいしか浮かんでこない。いったいどこからどこまでが町内だったのか、町全体の地理はどうなっていたのか、まるでわからない。ああいう道があった、こういう道があった、と思うばかりだ。友だちの家やお店に向かう道すがら、よその家の窓や、すだれや、門や、垣根を見た。店先の商品や、お寺の鐘楼や、庭から伸び出た花もただ見た。松井商店の手前に、その頃めずらしい洋風ドアの家があって、どんな人が住んでいるのか見たいと、家の前を通るたびに思っていたのに、ついに見なかった。

スチュアート・ダイベックの短編集『**シカゴ育ち**』の少年たちは、とにかく町を歩きまわる。消火栓から水があふれて水浸しになった通りや、廃墟《はいきょ》となったビルのなかも。高架下をくぐり、刑務所の高い壁の下を歩き、消防自動車の廃棄場をめぐり、駅や公園や工場を通り過ぎる。

時おり、空白だらけの街を歩いていると、もはや自分たちもそこにいないような気がすることがあった。見慣れた標識はそこらじゅうにあるのに、何だか迷子になってしまったような、自分が自分の影になってしまったような思い。（「熱い水」）

お金持ちが住んでいるらしいシカゴ北部ではなく南部の、メキシコ人や、プエルトリコ人や、アフリカ系が多く暮らす地域には、いろんな国からの移民も、ひしめきあう古いアパートや小さい家に暮らしている。ごちゃごちゃとあまり綺麗《きれい》とはいえない店が並び、うらぶれて、路上生活者もあちこちにいて、喧嘩《けんか》が絶えず、殺人も起きる。その荒れた地域に、夢とか記憶が、愛とか霊までもが流れ出ていて、わだかまったり、光を発したりしている。

「冬のショパン」は、古いアパートに住む十歳くらいの少年と家族のはなしだ。長く会わなかった年上の女性「マーシー」と久しぶりに階段ですれ違ったとき、「前によく夜泣きしてた坊やは、あなたかしら?」と訊かれ、「わかんない」と「僕」は答える。そしてそのあと、僕は階上に住むマーシーが気になってしかたなくなる。夜になるとマーシーの弾くピアノの音が聞こえてきて、それを僕はスペルの宿題をしながら、凍傷で傷めた足を夜毎バケツの湯に浸す祖父「ジャ＝ジャ」のそばで聴く。

僕の祖父母もヨーロッパからの移民で、祖父はさまざまな肉体労働をしたあげくに家族を残して行方知れずになったり、放浪に疲れると酒の臭いをぷんぷんさせて舞い戻ったりする。英語にもアメリカ社会にもなじめないままだ。ほとんど口もきかず耳も遠くなっているはずの祖父が、マーシーのピアノにだけは反応する。天井を指差し、「ショパン」としゃがれた声でささやく。

第二次大戦で戦死した父の記憶がない僕は、ずっと小さかったときのことを思い出す。肺炎になってベッドで過ごした日々。窓の霜をこそげ落として外をのぞくと、隣の屋根の煙突にフードが取り付けられていて、それは誰かが旧式のヘルメットをかぶって屋根に立っているみたいに見えた。その頭は前後に揺れ、風が吹きつけるたびにホーホーと鳴った。

パーティも家族旅行もない、つつましく貧しい暮らしの、だけどもそこから滲《にじ》み出るうっすらした喜びを少年の皮膚が感じ取る。息子から浮浪者呼ばわりされているジャ＝ジャや、ボヘミア語で娘マーシーのことを嘆く「ミセス・キューピアック」からは、言葉では語られない人生のうろこのようなものが浮かび上がってくる。少年が暮らしている小さい部屋は暗い空へそのままつながっているようで、祖父の記憶や僕の夢や、いろんなものが空へと溶けていく。

「荒廃地域」と呼ばれる町に住んでいるのは、天使や死者たちと連絡を取っていると話す少年や、好きな女の子の家を訪れるのに大通りの花壇のチューリップをごっそり引き抜いて持っていく少年や、書き終えることのない小説を書きつづけている少年たち。彼らはバンド、その名も「ノーネイムズ」を結成している。みんなで町を歩きまわり、やってられなくなるとガード下に行って、空き瓶やビール缶や橋げたを叩《たた》いて大声で歌をうたう。ロックンロールやソウルを。廃車のヘッドライトをボカボカ叩いて「テキーラ」と叫ぶ。町では朝鮮戦争帰りの連中がハーレーを乗りまわし、暴動も起きる。いろんな物が投げ出されたように転がっている。少年たちは自分たちが名もない者であることを知っているし、自分たちの町も、町に住む人々も、町のなにもかもが忘れられた存在なのだと知っている。そして、そのすべてに飽き飽きしている。

なのに。大人になったあとで、町を訪れた僕はよく見ていた夢を思い出すのだ。

その夢のなかで、僕は昔住んでいた町に戻っていたが、何もかもが見慣れているようにも、まるで見たことがないようにも思えて、自分がどこにいるのかもはっきりしな

かった。（「荒廃地域」）

どこもかしこも知ってると思い込んで、その変わらなさにうんざりしていた子供時代を過ごした町は、たまたまその時代に、たまたま行きあった場所だった。あとになって、そのことに気づいたときには町はすっかり姿を変えてしまっていて、住んでいた人々ももうそこにはいない。二度と戻れない場所になっている。あの町の何を知っていたんだろうと後悔しても、あそこへは永遠に帰れない。

写真家の武田花のカメラは知らない町の一歩奥に入った路地の、その片隅の、失われかけている、でもなんだか覚えがある光景をぱちりと捉える。**『煙突やニワトリ』**や『嬉《うれ》しい街かど』には、通りかかった町の人々の生活の跡や気配が、写真と文章でくっきりと摑《つか》まれていて、人々の眼差しから漏れたままになっている風景が息を吹き返している。知らない町なのに、懐かしい、よく知ってる、と思う。

ほとんどの店が倉庫みたいな簡単な建物で、ドアがひとつにプラスチックの看板がひとつ（スナック忠治とかスナックユダヤとか）付いているだけ。新築したばかりらし

いのにもう廃業、眩《まぶ》しい白壁のまま廃屋になりかけているキャバレーもあった。裏口の叢《くさむら》に赤と金色のゴブラン織のソファが放り出してある。首だけ入れて店内を覗《のぞ》いてみたら、カウンターには飲みさしのコップが置いたままになっており、鉢植の観葉植物にベルトのついたズボンが引っかかっていた。（「菊花展」）

武田花が撮るのは、町はずれの閉鎖された工場や、放置されて錆《さ》びた機械、人気《ひとけ》のない神社や、空き家。煙を吐かない煙突や、干からびた鳥の亡骸《なきがら》がころがる砂浜、うち捨てられた窓から顔を出す猫と雑草。空き地にごっそり放置されている機械部品。暗い階段をあがっていく人影。

町の裏通りに一歩入っていけば、わたしの目にもこういうものは入ってきそうな気がするのに、いつも用事にかまけてうかうか見逃してしまっている。というか、目が上滑りしてしっかり捉えない。こういう光景のなかにこそ、人が働いたり休んだり、嘆いたり笑ったりした生活の跡が残っているはずなのに。

道はただつづいているだけなのに、何も隠してはいないのに、いつもただ通り過ぎてしまっている。何も見ちゃいない。

道は、たしかにどこまでもつづいている。その道をただどこまでも進んでいけば、それはあてのない旅ということになるのだろうか。でも、あてのない旅なんてあこがれはしても、まずできない。仕事や家族を忘れてどこまでも行けるものだろうか。考えてみようとして、すぐ考えるのをやめる。あきらめる。知らない人々が暮らしている知らない土地は果てしなく遠い。

だのに、目的らしい目的も持たず、お金もあまり持たず、「できれば西部に行きたい」という漠然としたあこがれだけで**『彼女たちの場合は』**（江國《えくに》香織）の二人の少女は旅に出てしまうのだ。それは二人がとても若かったからだろうか。たぶんそれもある。でも分別がなかったわけじゃない。

日本で高校を自主退学したあとアメリカの大学に留学中の十七歳の「逸佳《いつか》」と、逸佳のニューヨークの寄留先の娘、従妹の十四歳の「礼那《れいな》」は、十月のある日、「私たちアメリカを見なきゃ」と旅に出る。

「いつかちゃん、れーな、わくわくするよ」
身体《からだ》の全部から喜びが湧きあがり、声にそれを滲《にじ》ませてしまいながら礼那は言った。
二人きりの旅というのは、ちょっと〝すごいこと〟だ。そうじゃないだろうか。

「私たち、どこにでも行かれるんだよね？」

どこにでも行かれる、というのはたしかに可能性としてはその通りだし、そんな言い方をする人もときどきいる。たまにテレビなどで、「一年間、世界を放浪していました」と言う人がいて、言葉どおりに受け取りたいと思いつつ、どこかで、ほんとかなあ、と思っている。

だが、この勇敢な二人はほんとうに目的を決めずに出発する。どこに行くにも陸路で行こうと決め、長距離バスに乗り込む。「陸路なら風景が見える。この国が。すくなくともその一部が」と旅を始めた二人はあらゆるものに目を凝らす。

偶然出会った若者に誘われてクジラを見に行ったり、いろんな町の公園で銅像や、池で遊んでいる子供を見たりする。遊園地にも行くし、美術館にも行く。街を歩きまわって、パン屋や、カフェや、本屋や、レストランや、マーケットに入る。初めて訪ねる町の空気を吸い、景色や人々を見つめ、それからまたバスに乗る。通り過ぎる者でありつづける。それをつづけているうちに、二人のなかから何か新しい芽のようなものが伸びてくる。

普通、人は旅に出るとき、旅先の観光地を旅の目的にするんだろうか、と考えてみる。それもたしかに楽しいことだし、やっぱり見るべきものは見ておきたいし、という気持ちにもなる。たしかに見るべき景色やお城やお寺には「おお」と思わせるものがあって、多くの人が驚くように驚いたりもするのだが、でも「驚かされている」という気もして、それだけだと旅がパンフレットに乗っ取られたような気持ちになる。「おお」と驚くにしても、旅の途中で見たもの、聞いたもの、食べたものも一緒に目や耳や舌にしまい込んでおきたいし、そういうもののほうが記憶に残っている。旅の目的というものは、そもそも仮のものなんだと思う。

逸佳と礼那はとにかくよく歩く。さびれた工場やモーテルやガソリンスタンドがつづく侘《わび》しい景色のなか、その先に川がある、という予感で一杯になりながら歩いていく。そして突然目の前に現れる海のような川にひどく感動する。

旅の途上の日々、二人は臆せず、ぶつかるようにいろんなことに出合っていく。

クリーヴランドでは、自転車がおばあさんをはねる事故に行き合う。自転車の男は逃げ去り、おばあさんの犬もおびえて逃げだしてしまう。礼那は犬を追いかけ、逸佳は事故の証人としておばあさんと一緒に救急車に乗り込んで病院に行く。そのあと、入院したおばあさんにアパートの留守番と犬の世話を頼まれると、この見ず知らずのおばあさんの家で、鉢植えに水をやったり犬の世話をしたりする日々を送る。

そうこうするうちに、無謀な旅を止めさせようとする親にクレジットカードを止められてしまうのだが、二人は旅を諦めない。旅費を得るために逸佳はアルバイトを始めるのだ。そして、その音楽の町ナッシュビルでの生活は二人にいろんなものをもたらす。普通の旅行者がけして会うことのない人間たちに会い、いろんな言葉を聞く。

逸佳のそれまでの人生は〝ノー〟ばかりだったのだ。学校や、恋愛や、女の子たちに対してもノーで、太ることも、友だちと喋《しゃべ》ることも、作文や日記を書くことも、ロックコンサートでみんなが一緒に盛りあがることもノーだった。自分がしたいことはわからないが、とにかく「いやだ」ということだけはわかっていた。そんな逸佳が音楽のあふれる知らない町で、知らない人たちのあいだで働くうちに、「する」を知る。身をもって知る。自分ができることをする。できるだけ効率よく、失敗しないように動く。そういう生きる力になる「する」が逸佳を助ける。

一方の礼那は、旅の日々をノートに書きつづる。

書いておかないと消えてしまう。大事なことかどうかは関係なかった。むしろ、大事なことなら憶えているだろうから書かなくてもいいのかもしれず、だから大事じゃないことの方が大事で、ともかく礼那は、事実にひとつも消えてほしくないのだった。

二人は旅のあいだ、いつも心を外に向けて開いている。きょうという日に向けて開いている。そして小さなことに驚き、喜びを見出しつづける。出合ったことに素直に驚ける力が磨かれ、どんどん二人の脚力を強くする。怖れずにどこまでもつづく道を進みながら、二人は旅そのものを味わいつくす。

たしかに、いくら行きたいと思っても、「どこまでも」は行けはしない。だけども道はある。家のドアをあけて一歩出ればすぐ目の前にある。その道は、たどろうとすればどこまでもつづいているのだ。なんてありがたい、と思う。

6

本の壁

子供のとき、本が好きだったっけ、と考えてみる。ちょっとは好きだった。

ときどき思い出したように学校の図書室に行き、本を借りた。一度借りるとちがう本も借りたくなって、しばらくのあいだ毎日のように図書室に行く。家が学校のそばだったので、借りたのが短いおはなしだと帰ってすぐ読み、読み終えると、また学校に行ってべつの本を借りた。

図書室に行くときは一人だった。町の公民館のなかにある図書室に行くときも一人だった。公民館は幼稚園の園庭の奥にあった。「く」の字形の木造平屋で、玄関には靴箱に入りきらない靴が脱ぎ散らかされている。わたしも玄関前のすのこ近くに靴を脱ぎっぱなしにする。薄暗い廊下を進んでいくと、婦人会などが集まりに使う広い部屋や炊事場に並んで図書室があった。

図書室にはたいていだれもいなかった。子供の本は少ししかなかったし、学校の図書室にある子供の本のほうが新しかったから、ここでは子供の本は借りずに、その並びの本棚に収まっている小説の背表紙を見て歩く。グレアム・グリーンの名前を覚えた。パール・バックの名前も覚えた。『チボー家の人々』もずらりとある。いつか読もうと思いながら棚の前を行ったり来たりした。しんとした図書室で、隠れているような気持ちに浸りながら。

「本を読むかしこい子になれ」と、父はことあるごとに言った。そして本も買ってくれた。仕事で東京などへ行くと、お土産に本を買って帰った。だけど、父が本を読んでいる姿は見たことがない。父の弟は大学の先生で、ときおり父に手紙をよこして、何にでも手を出すのはやめたほうがいい、と控えめに諫《いさ》めていたらしい。すると父は「学者のばかもんが。本ばっかり読んで何も知らんくせに」と怒っていたという。

村に住んでいたとき、父が出張から帰ってくる日に、母が「お父ちゃんが乗っちょって汽車がそろそろ来るよ」と教えてくれることがあった。

わたしは兄について国道を横切って踏切まで行くと、「どっちから来るん？」と兄に聞き、汽車を待った。遠くの、国道と線路がおなじようにカーブして、その先は山蔭《やまかげ》に隠れて見えなくなっているあたりに目をこらして待っている。あそこから来る、いま来る、と見つめていると、突然まっ黒い機関車の顔が現れる。汽車はいつも忽然《こつぜん》と現れた。煙と蒸気を吐き出しながらわっしわっしと近づいてくる。

兄もわたしも、父がどこに乗っているのかわからないまま当てずっぽうに窓に向かって手を振りつづける。すると一つの窓があいて父が顔を出し、大声で何か叫びながら包みを放った。

汽車はあっという間に通り過ぎた。わたしたちは父が放った包みを草むらに探し、見つけて家に持ち帰ってあけると、本だった。兄に一冊、わたしに一冊。がっかりした。もっといいものかと思っていたのだ。

父は都会の書店で、書店員に子供の本を選んでもらったにちがいない。絵本もあったけれど、『偉くなったひとびと』や『雪の女王』や『不思議の国のアリス』など、小学校にも上がっていない子には難しい本もあった。

そんなこともあって、わたしは、父の教えどおり本を読むかしこい子になろう、と思っていたのだろうか。

それもあったかもしれないが、本を読んでいるあいだは目の前のことから離れていられたからかもしれない。

わたしは我が強い子供だった。ふり返ってみて、ほんとにそうだったな、と思う。老いたいまでも我が強い。だからだと思うが、家では母とぶつかり、学校でもときどき友だちとぶつかった。自分の考えを曲げないからだ。そして学校で友だちをへこませたりしたあとでは、きまって嫌な気持ちになった。自分のなかから嫌なものがどろどろ出てしまった気がして、そういうとき学校や公民館の図書室をうろうろしていた気がする。本を読んでいるあいだは、自分や自分を取り巻いているものから目を背けていられる気がして。

公民館の図書室の受付机に座っているおばさんはわたしの母に顔が似ていた。似ていることに最初に気づいたのはわたしではなくて、友だちだった。運動場で遊んでいるとき、「あの人、成子ちゃんのお母さんじゃないん?」と友だちが言った。え、と思って、友だちが指差す人を見ると、公民館の図書室のおばさんだった。そう言われると、たしかに髪の感じも顔も似ている。家に帰って母にそう言うと、母は嫌な顔をした。

公民館の図書室でわたしが本棚のあいだをいつまでうろついていても、おばさんは文句を言わなかった。迷いに迷って、やっと選んだ本を受付机に持って行くと、にこにこしながらカードにスタンプを押してくれた。あなたのことはちゃんと覚えてますよ、という顔で。

母は外では物腰柔らかく、どことなく奥さんっぽく控えめで、相手を立てて話を聞く、といった感じの人だった。父が死んでからは、周囲の人たちには、女手一つで働きながら二人の子供を育ててえらいもんだ、と思われているようだった。「お母さんはえらいなあ」と学校の先生から言われる。むかいの電気工事店のおばさんからも「お母さんは立派じゃねえ」と言われる。母の姉である伯母からも「頑張ってあんたたちを育てているお母ちゃんを困らせたり、心配させたりしちゃぜったいいけん」と言われる。

きっと周りの人が言うとおりなんだろうけど、と思いながら母を見ていると、心のどっかがもやもやしてきて、そうかなあという気持ちが渦巻く。

村にいたときには家にねえやさんがいて、わたしはいつもねえやさんにくっついていた。ふさちゃんがやっぱり二年足らずで実家に帰ったあとに、すずちゃんという明るくて歌の好きなねえやさんが来た。いつも洗濯しながら「トンビがくるりと輪を描いたあ」と大きい声で三橋美智也《みちや》の歌をうたっていた。ねえやさんはどの人もいい人で、わたしにやさしくしてくれた。だが、みんな二、三年で辞めていった。母からは「お嫁に行っちゃったんよ」と聞かされた気もするけれど、いま考えると母との折り合いが悪かったからかもしれない、と思う。母は怒鳴ったりする人ではないが、家のなかでは人がすることにいちいち口出しせずにはいられない質《たち》で、気に入らないと苛々したり機嫌が悪くなったりするから、若いねえやさんたちは辛かったかもしれない。

町の家は狭いし、わたしたちも手がかからなくなっていたから、もうねえやさんはいなかった。わたしはくっつく相手がいなくなって、父が生きているときには父にくっついていた。母がわたしを叱ると、父は必ずあいだに入って「もう言うな。成子はわかっちょる」と言ってくれた。それは、娘が叱られるのは見ていられないといった感じの庇《かば》い方だった。

その父が死んで、母と二人の暮らしが始まった。何をしても「そうじゃない」「そんなことをしたら笑われる」と口出ししてくる母に、わたしはどんな顔を向けていたのだろう。父という後ろ盾をなくして、一人踏ん張っていた気がする。母はたぶんわたしに、気立てがよくて、素直で、親の言うことをよく聞く娘でいてほしかったのだろう。それはわたしにもわかっていた。わかってはいても、わたしはそんな子供じゃなかった。どうしてかわからない。そんな子供じゃないように生まれついていたのだろうか。「いやだ」と言い、「わかっちょるよ」と言い返す。じっとりと母が覆いかぶさってくる感じが、もう嫌だった。「おまえのため」と言われると、気分が重くなった。

たぶん母は、わたしをどう可愛がればいいかわからなかったんじゃないかと思う。「あんたはもう、こう言えば、ああ言う」と、減らず口をたたくわたしを嘆き、苦しんでいた。母は、逆らう娘が怖かったのだろうか。こんなはずじゃなかった、と落胆していたのかもしれない。母のなかにあった「やさしい娘」像が壊されていくのがたまらなかったのかもしれない。口が立つ娘を扱いかねていたのかもしれない。たしかに、わたしはお喋《しゃべ》りで生意気で口が立つ子供だった。批判的な目で母を見るようにもなっていた。だから母は抑えつけずにはいられなかったのかもしれない。母はよく深い溜息《ためいき》をついた。

わたしはわたしで、外で奥さんっぽく笑っている母はやっぱりやさしい人のような気がするのに、家では、にこにこしているかと思うと、急に苛々して疲れた顔になってわたしに用事をあれこれ言いつけはじめる母の、どっちを信じればいいかわからずにいた。

そして、あるとき（二人暮らしになって半年くらいたった頃だった）、ふと、お母ちゃんはよそのおばさんと変わらないんだ、ということに気づいた。普通のおばさんなんだ、と。母がよそのおばさんとはちがう特別な人だと考えるのはもうやめよう、と思った。なあんだ、と思った。いま年老いて普通のお婆さんでしかないわたしにしてみれば、普通のおばさんで何が悪い、と思うけれど、子供のときはなんだか裏切られたような気持ちだったのだ。

そのあと、わたしはますます母を批判的な目で見るようになり、母が決めつけたもの言いをすると、「ちがーう」と返した。

母は母で確かに頑張っていたのだ。事務の仕事をしながら、裏の小さい畑で野菜を育て、白菜や梅干しやらっきょうを漬け、夜なべしてセーターなども編み、布団も作り、ちゃんとご飯も作ってくれた。こう書いてみると、母は確かにいいお母さんだ、と思う。なのに、そのいいお母さんがわたしには苦しかった。母は、自分が不幸にめげずにどんなに頑張っているか、そしてそれはぜんぶ子供のためなのだ、ということを娘にわからせたい、と思っている、ということが伝わってくる。それは厚い綿みたいにわたしをぐるぐる巻きにするから、苦しい。だから、わたしのなかの何かが暴れて、母に口ごたえをせずにはいられなくなる。母の考えが正しいわけでもない、と言い募る。そのあとできまって嫌な気持ちになった。毎日のように言い争いはつづいた。

伯母から電話で叱られたこともある。「お母ちゃんが泣き泣き電話をしてきちゃったよ。あんたが天邪鬼《あまのじゃく》で、口ごたえばっかりするっちゅうて。親の言うことは素直に聞きなさい」

わかった、と答えながら、もうわたしの味方はどこにもいないんだな、と思った。

『レモンケーキの独特なさびしさ』（エイミー・ベンダー）の、ロスアンジェルスに暮らす九歳の「私」は、母の焼いてくれた誕生日のレモンケーキを口に入れたとたん、それまで感じたことのない、とてつもない違和感を覚える。おいしいケーキの味の後ろから「不在、飢え、渦、空しさ」を感じて、それが母に関係している味だとわかってしまう。それからのち、何かを食べるたびに、材料がどこから来て、どんな気持ちの人たちが収穫し、職人がどんな気持ちで作ったかがわかるようになる。

それはだれにも言えない（兄のたった一人の友だちには打ち明けたけれど）苦しみとなるのだが、私はそれまでとおなじように中学生の兄と、テニスが好きな父、木工スタジオに熱心に通う母と普通に暮らす。表面的には。

妹アレルギーがあって妹が近づくだけでかゆみが出るという兄は、幼いときから神童と呼ばれ、母から溺愛されている。母はというと、家族のために毎日料理をし、ケーキミックスを使わずにケーキを焼く人なのだが、夜中にしばしば一人目覚めているらしい。家族思いで仕事熱心な父は病院を忌み嫌っていて、どうしても病院施設に足を踏み入れることができないという困難を抱えている。

そしてある日、閉じこもりっぱなしとなった兄が消える、という信じられないことが起きる。学校からはずれ、母の溺愛から逃れるように、兄は自分の部屋から突然消えていなくなってしまうのだ。

幸せな毎日を送っている家族の、それぞれの苦しみをお互いに伝え合わないように暮らす、という孤独。

私が十二歳のある涼しい二月の夜、家でローストビーフとポテトの晩ごはんにむかっているとき、最初のひと口を食べたとたんに打ちのめされるような罪悪感とロマンスを感じ、ただちにママが誰か他の男の人と会っているのがわかった。（略）私はママのほうを見た。納得できる。最近、ママはきれいになったし、前よりおしゃれをしているし、ちょっとしあわせそうで、ポニーテールに派手なヘッドバンドをしているし、両腕にブレスレットをつけている。

家族はお互いに思いやりある振る舞いをしているし、言葉遣いもやさしくて、中流家庭の穏やかな日々が明るい文章で書かれているのだが、ところどころページとページのあいだが、鋭い刃物で切り裂かれているような気持ちになる。家族の日々なんてものは根拠のないもののように思えてくる。もしかすると家族の、そのまんなかにあるのは、だれものぞきたがらない黒くて大きい穴かもしれない。

だれからも理解されず、頭のなかの課題だけに取り組みつづける兄はときどき消えることがあっても、しばらくするとまた姿を現わしていたのだが、あるとき、ついに戻ってこなくなる。じつは兄は消えているあいだ、完全に消滅していたのではなく、椅子やベッドやテーブルなどに同化していたのだ。そしてこのたびは長期間椅子になっていた兄がいま、弱々しい姿となって病院のベッドに横たわっている。その兄を成人した私が見舞う。

すると、兄はそれまで一度も触れたことのなかった私の手を取って、ささやくように言うのだ。「知っているのはきみだけだ」と。

おそろしく感じやすくて、うまくわかり合うことのできなかった兄と、そんな形でやっと私は心をかすかにだけれど通い合わせる。

家族は残酷だ、ときどき。残酷でも家族は家族をやるしかないのか、と思う。

たいていの子供は親が困っているときには無理な頼みごとはしない。親の精一杯を肌で感じ取るから。だけども往々にして親のほうは自分の困りごとで手一杯になると、子供のことを考える余裕を失う。子供が黙って従ってくれていると、なおさら。そして子供は自分が担わされるものが手に負えないほどのものになったとき、その重みに耐えかねて逃げだしたくなるのだろう。だからといって、子供は家族から逃げだしてどこへ行けるというのだろう。そういうとき、子供はいまいる場所から、家族から逃れて、するっと別の時空へと足を踏み込ませるのかもしれない。

『マイゴーストアンクル』（ヴァジニア・ハミルトン）の十五歳のアフリカ系少女「ツリー」は、ずっと兄と二人で暮らしてきた。

住み込みの看護師をしている母は土曜日になるとお金を持って帰ってくるけれど、普段はツリーが一人で、知的障害があって、ほかの病気も患っているらしい十七歳の兄「ダブ」の世話をしている。ダブはときどきひどい頭痛に苦しめられ、ソファで体をぎゅっと丸めて起きられなくなる。その上、腕に光が当たると飛び上がるほど痛がるのだ。ツリーは兄の世話を優先して日々を暮らし、いったい兄の病気の根はどこにあるんだろう、と考えつづける。ツリーは兄が好きなのでまったく不平は言わなかったが、気づかないうちにひどく疲れていた。

そしてあるとき、ツリーは幽霊を見るようになる。何度か見るうちに、しゃれたスーツを着て憂鬱そうな表情を浮かべている幽霊は、ずっと前に若くして亡くなった母の弟の「ブラザー叔父さん」であり、しかも叔父さんの幽霊は自分の前にだけ現れていることに気づく。

ある日、家の小部屋に現れた叔父さんは、手にたまご型の鏡のようなものを持っている。よく見ると、それは鏡なんかではなく、ぽっかりとした空間で、そのことに気づいたとたん、ツリーはその別空間に入り込んでしまう。

そこには叔父や、母親の「ヴィ」や、ヴィに愛される赤ん坊がいる。赤ん坊はツリーで、あやしている母親も一瞬ツリー自身であるかのように思えたけれども、それはやっぱりヴィで、ヴィは赤ん坊にキスをしてから、ブラザーが車で出ていくのを見送る。そのあとまた家に入って階段を上がりながら、手に余る上の子のことを考えてうんざりする。上の子は両手を後ろにまわしてベッドにくくりつけてあるのだ。ヴィはその子のいる部屋へは行かず、別の部屋にいる赤ん坊のツリーを寝かせつけようとする。そこへヴィの従兄が家に飛び込んできて、ブラザーが自動車事故で死んだと知らせる。

そこで幻影は消える。ツリーはいま見てしまったことで自分が秘密を抱え込んだことを知る。なぜ自動車事故は起きたのか。なぜ母は幼いダブを愛さないのか。

そうこうするうちにダブの体調は次第に悪くなり、一方で叔父さんの幽霊が見せてくれた情景の本質がしだいに明らかになってくる。叔父さんもダブとおなじように、光が皮膚に当たると痛みを感じていた。叔父さんとダブはおなじ病を患っていたのかもしれないのだ。

ツリーは一人で自分たち家族の歴史を考え、苦しみつづける。そしてダブの病状が悪くなったところに帰ってきた母親に向かって怒りを爆発させる。

とてつもなく鋭く激しいものがツリーを捕まえて放さないのだ。ベラベラと言葉が流れるように口をついて出た。

「まだ小さかったのに、お兄ちゃんをびしびしたたいたでしょう？」ツリーはやめられなかった「ベッドにくくりつけたりしたわ。ヴィ。本当にたいしたお母さんだこと！」

父親はいず、母も不在がちな暮らしのなかで、兄を中心に生活をしてきたツリーは体が疲れていただけでなく、いつのまにか虚しさを抱えるようになっていた。そのことに自分では気づけず、「一般の子どもたちにはつきものの騒がしさと笑い声はツリーには縁がな」くなっていたのだ。ツリーは生きる力をほとんど失いかけていた。

ダブの病状がさらに悪化すると、母ははじめて家族の歴史について口を開く。ブラザー叔父さんが罹《かか》っていた病とダブの病気はおなじ病気であること。それは、最初はアフリカの白人の病気だったが、いつのまにか黒人の病気となり、奴隷制を通してアメリカに伝わったものである、と。だからダブが発病する前に検査を受けさせて治療すべきだったのだ、と。（註・この病気については諸説ある）

だが、すでに手遅れだった。ダブは緊急入院させられるが、そのまま亡くなってしまう。ツリーは母を赦すことができない。その上、ブラザー叔父さんは交通事故死したのではなく、その病を苦に自殺したことを知り、家を出る決意をする。その苦しむ娘の姿を見て、やっと母ヴィは「これまでずっと私はまちがってたわ。それは認める。収入が低くても、おまえやお兄ちゃんと一緒にいてやればよかった」と語る。

歴史をふり返らずには、いまの自分がどこから来たのかを知ることはできない、とこの物語を通してハミルトンは語っている。『偉大なるM.C.』でも『わたしはアリラ』でもそのことが書かれていた。歴史を知らなければ、いまを知ることはできないし、未来を考えることもできない、と。

そのことはわかりつつ、家族の歴史に向き合うのが辛いこともある、とも思う。知りたい、誇りたい歴史もあれば、できれば知りたくない、辛く悲しい、もしかしたら恥ずかしい歴史もある。彼らがいて、いまここにおまえはいる、と言われると、なるほどそうだと思うのとおなじくらい、そのことに縛られるのは嫌だとも思う。

困難を前にして、家族が一丸となればそれ以上のことはない。けれど、現実にはなかなかそうはいかない。そうはいかないのに、そうなるべきだと考えるのは苦しい。弱い親だっている。たくさんいる。抱えている問題を見つめることができない親もいる。たくさんいる。そうなると子供も苦しむ。ダブのように死んでしまう子だっているのだ。子供は困難を押しつけられると、必死に引き受けてしまうから。

親には親の苦しみがあるし、子供には子供の苦しみがある。トールモー・ハウゲンの**『夜の鳥』**を読むと、まさに、と思う。

親がどんな性格で、どんなものの考え方をする人であろうと、そしてどんな生き方をしていようと、その親のそばでしか子供は生きられない。

ノルウェーに暮らす八歳の少年「ヨアキム」は、家のなかでも、学校でも、自分がどうしていればいいかわからず、不安でいっぱいになっている。

自分が住んでいる古アパートの、魔力があるらしい階段のシミや、魔女が覗《のぞ》くかもしれないドアの穴や、妖精が住んでいるらしい部屋も怖くてしょうがないのだが、それ以上にヨアキムを不安にさせるのは神経を病んで仕事を休んでいる父親だ。

学校から帰って家に父の姿がないと、「パパはとてもいやなことがあったにちがいない」

と思ってしまう。そしてすぐに父を捜しに行く。その途中、道で会った同級生からは、いちばん言われたくない「あんたのお父さんは気が変じゃないの」という言葉を浴びせられる。

夕方、仕事から帰ってきた母は、父が約束していた家事を何もせずにいなくなっていることにがっかりする。

ヨアキムの両親は二十代後半にさしかかったばかりで、この先の人生についてそれぞれ悩んでいて、ヨアキムの気持ちにまでは気がまわらない。

夜、両親はヨアキムを子供部屋に押し込み、二人だけで深刻な話を始める。そんなとき、ヨアキムは「おなかの中でグリグリがふくれあがっていくのを感じ」る。

ヨアキムのように控えめな子供ではなかったが、わたしにも覚えがある。子供のとき、ひどく腹が立ったり、くやしかったりすると、首の付け根がなにか尖《とが》ったものをぐいぐい押し付けられるみたいに痛くなった。母から叱られているとき、わたしは手で首を押さえていた。男の子と喧嘩《けんか》したあともそうなった。ひどい頭痛に襲われることもあり、たいていつぎの日は学校を休んだ。頭痛がいつまでたっても治まらず、母に連れられて小児科に行くと、「頭の神経痛でしょう」と言われた。わたしは自分の気持ちの鎮め方がぜんぜんわからなかった。

学校でもうまく友だちを作れないし、家に帰ってからも近所の子と仲良くなれないヨアキムには大きい悩みがあった。夜、暗い部屋で眠ろうとすると、その部屋の洋服箪笥《だんす》のなかに潜んでいるらしい夜の鳥が騒ぎたてはじめるのだ。それが怖くてたまらない。夜の鳥は隙あらば、自分に襲いかかってこようとしている、と。

父がどこかへ行ってしまわないかと、たえず心配し、捜しまわり、家のなかにもどこにも安心していられる場所を見つけられないヨアキムは、薄暗い公園でついに自分の分身を見る。

「ぼくヨアキム」と、ヨアキムは名前を言った。
「ぼくも、ヨアキム」と、影は言った。
不思議だ。いいや、そんなに不思議じゃないかもしれない。すばらしいことかも。
ヨアキムは影のヨアキムがにっこりしたように思えた。

ひとりぼっちだったヨアキムは、もう一人のひとりぼっちのヨアキムに会う。ヨアキムは自分がひとりぼっちであることに、このとき気づいたのかもしれない。

自分の気持ちに気づけないはこと大人でもよくある。子供ならなおさらだろう。親から辛い目に遭わされているのに、それを苦しみと感じなかったり、友だちに仲間はずれにされても相手を憎むことができなかったり。自分の悲しみに気づけなかったり。

子供のときに、こういう本を読めていたら、わたしは父の望むかしこい子にはとてもじゃないがなれなかっただろうが、ずいぶん気が楽になったんじゃないかと思う。

子供のわたしにとって、本は母から自分を守る壁でもあった。母は、ぼーっとしているわたしを見ると、用事を言いつけずにはいられなくなるのだ。夕方、犬の散歩から帰ると、座敷を掃きなさいと言われ、それがすむと廊下の雑巾がけをする。裏の畑からほうれん草と葱《ねぎ》を取ってきて外の流しで洗い、冷たい漬物樽《たる》に手をつっ込んで白菜の漬物を取り出して洗う。

「それがすんだらね」と母は言う。風呂の掃除がすんだら七輪に火を熾《おこ》して魚を焼いてちょうだい。

これぐらいの手伝いはあの頃の子供はみんなさせられていたのかもしれない。そういう気もするけれど、どうも母は、女の子のくせに家の用事もせずにぼーっとしているわたしに我慢できなくて、用事をつぎつぎ言いつけていたような気がする。一人で台所仕事をしているときの母がいつのまにか不機嫌になっていることがあった。不幸を一人で背負っているような顔をしていた。

わたしはわたしで、言いつけられたことはさっさとすませ、油断しているとまだまだ用事を言いつけられそうなので、すばやく本に隠れた。ぼーっとしているからいけないのだ。本を読もう。わたしが本を読んでいるあいだは、用事を言いつけるにしても、母の声はちょっとだけ遠慮がちになるのを知っていた。わたしは公民館の図書室で借りたモーパッサンの『女の一生』を無理して読んだ。『嵐が丘』を読んだ。『モンテ・クリスト伯』を読んだ。あまりよくわからなかったが、とにかく読みつづけた。どの本も小さな壁にはなってくれた。

7

女子周辺

小学校に入学したあとだったか前だったか、はしかに罹《かか》った。やっと治って、玄関前で写真に写った。ランドセルを背負い、サージのジャンパースカートを着ている。スカートには縦の折り目だけでなく、上下に畳まれていた折り目もくっきり残っている。痩せたわたしは本人は笑っているつもりの、でも笑顔になっていないお婆さんみたいな顔をしている。

長く学校を休んで、それで出遅れた恰好《かっこう》になったからか、なかなか友だちができなかった。引っ越してきたばかりで、近所のどこに、どんな子がいるかもわからなかった。

いつ、どんなきっかけで圭子《けいこ》ちゃんと遊ぶようになったのだろう。一つ年上の圭子ちゃんの家は、むかいの電気工事店横の路地を数メートル行った先にあった。勝手口への通路の角に南天とハランの大きい茂みがあった。圭子ちゃんの家族は、圭子ちゃんと顔がよく似たお母さんと、もう一人、おなじ年格好の「おねえさん」と呼ばれる人がいた。

お母さんも背の高い人だったが、圭子ちゃんもおない年の子に比べて頭一つ高かった。内気な感じで、わたしに優しくしてくれた。

遊びに行くときには玄関のほうへはまわらず、いつも勝手口から声をかける。いつ行っても、ほかの子が遊びに来ていることはなくて、二人でぬり絵をしたり、あやとりをして遊んだ。圭子ちゃんはあやとり用の輪っかにした毛糸をいくつも持っている。いろんな色があって、少しずつ輪の大きさもちがっている。あやとりをする圭子ちゃんの指は細く長く、圭子ちゃんは二年生なのに、ずっと大きい人みたいに指をすばやく動かしてホウキを作り、橋を作った。

お母さんも、おねえさんという人も、昼間どこかに勤めている様子はなく、家事をしたり、しずかな声で話をしたりしている。父が朝鮮からの引揚者であったわたしの家が町に知人も親戚もいないように、圭子ちゃんの家もどことなく地域に馴染《なじ》みきれていない感じで、家のたたずまいもひっそりしていた。

圭子ちゃんがうちに遊びに来ていたとき、突然ばたんと倒れて、「ぐぐっ」と息を詰まらせたことがあった。あわてて母を呼んだ。母は大声を出しながら、顔色が変わりはじめている圭子ちゃんを抱き上げると逆さまにして、背中をどんどん叩《たた》いた。すると圭子ちゃんの口から大きいカンロ飴《あめ》がぽろんと飛び出した。圭子ちゃんはすぐに立ち上がって、恥ずかしそうに笑った。

毎日のように行った圭子ちゃんの家の間取りを覚えている。勝手口を入ったところのよく磨かれた板間も、大きい窓のある畳の間も、もう一つの床の間のある畳の間も、片隅に菊や葱《ねぎ》などが植えてある小さい庭に面した廊下も、そして台所の土間も。どこも、いつもきれいに掃除されていた。

なのにそれから一年もしないうちに、わたしはしだいに同級生と遊ぶことが多くなって、気がついたら圭子ちゃんは引っ越してしまっていた。よその町に、ではなく町内のどこかへで、学校ではときどき顔を合わせたけれど、お互いに「あ」という感じになるだけで、また一緒に遊んだりはしなかった。

どういうことからか、よっちゃんとお人形ごっこに夢中になっていた。毎日、大小数種類のセルロイドの人形と、それぞれに着せる服、人形の家にする大小の空き箱、瓶の蓋や布きれなどをひとまとめに風呂敷で包んで、どっちかの家に持ち込んで遊ぶ。

大きな風呂敷包みを抱えて運動場を横切って行くわたしが職員室の窓から見えていたらしく、先生から「毎日、何を運んでおるんか」と聞かれた。

よっちゃんはよっちゃんで、わたしはわたしで、包みをほどいて空き箱で人形の家を作りながら、「きょうは、よっちゃんがお金持ちのバレリーナになってよ」などと言っておはなしを作っていく。その頃の少女漫画はバレリーナものが流行《はや》っていて、わたしは貧乏な娘になるのが好きだった。漫画では貧乏な美しい娘が最後には幸せになるというシンデレラ調のはなしが多かった。わたしの人形はよく、よっちゃんの人形の家で働く女中になった。

うちで遊ぶときには、よっちゃんは最後まで機嫌よく遊んで帰るのに、よっちゃんの家で遊んでいると、気がつくとよっちゃんが黙りこくってしまっている、ということがあった。そうなると何を話しかけてもよっちゃんは返事をしなくて、黙ってレースを小さな箱のベッドに広げ、そっと人形を寝かせたりしている。「ねえねえ」と言ってもだめで、「初めからやり直そうか」と言ってもだめで、よっちゃんはつんと黙ったままだ。

困ったなあ、と思い、きっとわたしが何かいけないことを言ったんだよなあ、と思う。

わたしはつい調子に乗って、貧乏な娘のはなしを勝手に膨らませて、「こほん、こほん、病気になってしまった。きっとすごく悪い病気なんだ。貧乏だからベッドも布団もないし、食べるものもない。お金もないからお医者さんにも行けないし、だれも助けてくれないから、ああもう死んでしまうんだ」などと浸りきって喋《しゃべ》りすぎ、よっちゃんの穏やかなおはなしを押しのけてしまっていたのだろう。わたしにはそういうところがある。ついつい図に乗って喋りすぎ、人が嫌な気持ちになっているのに気がつかない。

確かに、よっちゃんの人形の服はお母さんに縫ってもらったものだし、人形のための小さな布団も縫ってもらっていて、ベッドにする箱もつるつるした紙でできている。それに比べてわたしのは適当な布きれを母の裁縫箱から見つけてきただけのものでみすぼらしく、だから貧乏な娘のはなしを過剰に作りたがっていたのかもしれない。きっとよっちゃんはそういうはなしにうんざりしていたのだろう。

しんとしたよっちゃんの家の鳩《はと》時計がぽっぽっと鳴るのを聞きながら、「よっちゃん、帰るよ」と言っても返事はなく、わたしは風呂敷に持ってきたものを包んで「さよなら」と靴を履いて、すごすごと家に帰った。

でもつぎの日になると、またどちらからともなく「きょう、遊ぶ?」ということになって、また風呂敷包みを抱えてどっちかの家に行き、わたしは性懲りもなく病気の娘や、継母にいじめられる娘になった。

わたしに原因があるにもかかわらず、わたしはときどき、どうやったら、よっちゃんみたいに友だちの前で不機嫌になれるんだろう、と思った。がらがらっと店じまいするみたいに気持ちを閉ざしてしまうのは、それはやっちゃいけないいんじゃないの、と。

女の子のそういうところがわかりにくかった。

学年が上がるにつれ、女の子の人間関係はますますわかりにくいものになっていった。きのうまで仲良く遊んでいたと思うのに、いつの間にかその子はほかの子たちと仲良くなっていて、わたしは仲間はずれになってしまう、ということも起きる。それはたぶんわたしに原因があるからで、思い返せば思いあたることがいくつもある。だとしても、悪口も言われているみたいだし、ねえ、何がいけなかったの、とだれかに尋ねたいのだけれど、だれに尋ねればいいかわからない。尋ねると、よけい関係が悪くなるような気がして、怖くて聞けない。

女子はわからん、といよいよ思うようになったのは中学生ぐらいになってからで、小学生のときは、わからなさがぐるぐる渦巻いている感じだった。

四年生のときだったと思う。五年生と六年生の女子三人に校舎の裏に呼び出された。校舎の陰で、わたしを取り囲んだ三人から、生意気だ、と怖い顔をして言われた。わたしがその人たちの子分のだれかにひどいことを言った、と前髪を斜めに流している人に言われた。言ったかもしれない、とわたしは思い、黙っていると、校舎に背中を押しつけられ、殴られた。わたしは黙っていた。相手を睨《にら》んでいたかもしれない。でも泣きはしなかった。わたしは先生にも母にも、そのことは言わなかった。わたしに非があることが、なんとなくわかっていたから。

女の子でいるのってめんどうくさいなあ、と思うようになっていた。だけど、そんなわたしが思っていた程度のめんどうくささなど、それはせいぜい表側のことに過ぎなかったんだ、と、**『こちらあみ子』**（今村夏子）を読んで思う。女の子を描いているのだが、「女の子を描いている」という言葉ではとても足りない突き抜けた強さを持つ女の子供が登場する。

描かれているのは、小学一年から中学卒業まで、「あみ子」が同級生の「のり君」に向ける強くて恐ろしいまでに純粋で一途《いちず》な愛だ。その一途さは、世にあふれている「初恋」や「片思い」や「純愛」などの物語を突き抜けるどころか破り捨て、だれによっても、何によっても損なわれない。

読んでいると、あみ子が自分ではあたりまえと思っていることはどうも他人には理解されず、それどころか、あみ子は周囲から疎まれる存在であるらしいとわかる。

いつもは兄と帰っていた学校の帰り道、兄がたまたま一緒になったのり君に「ちょっとずつでええけえ妹と一緒に帰っとってくれんかのう」と頼んだことで、小学一年のあみ子は初めてのり君と二人きりになる。けれど、のり君はあみ子と並んで歩こうとはしないで、あみ子が一歩踏みだせば、後ろで一歩踏みだし、あみ子が止まれば、のり君も止まるというふうで、明らかに近づくまいとしている。でも、そんなことなどあみ子は気にせず、「顔いっぱいの笑顔をのり君に向けて『じーっ』と言」ったりする。それを何度も繰り返した。

「なに」と、のり君が口を開いた。

話しかけられた。抑えられない興奮で、体の中身が高音を上げてはじける感覚を味わった。『じろじろじろじーっ』と言いながら、一本足で、跳ねるようにしてぴょんぴょん進み、疲れたら、もう一方の足でぴょんぴょん進んだ。バランスを崩して転びそうになって、『おっとっとっと』と、振り返ると、そこには誰もいなかった。

あみ子の二人目の母は習字教室を開いていたのだが、その義母が生まれるはずだった子どもを亡くす。あみ子は義母を喜ばせようと庭のプランターに「弟の墓」と書いた木の札を立てるのだが、それを見た義母はそのあと態度がおかしくなる。習字教室は止めてしまい、口をきかなくなって一日じゅう布団から出なくなる。兄は兄で不良になったらしく、家に寄りつかない。

そういうことがあみ子の周囲では起こっているのだが、あみ子はまるで手触りだけを頼りに生きているみたいな毎日を送り、ひたすらのり君を思いつづける。

中学生になったあみ子がいつものように保健室にいると、青い顔をしたのり君が入ってくる。先生が席をはずしたとき、あみ子はのり君の肩から糸屑《いとくず》を取ってやり、「のり君おはよう」と話しかける。が、のり君は何の反応もしない。


のり君が言葉を発しようと口を開きかけたその瞬間にあみ子が叫んだ。

「好きじゃ」

「殺す」と言ったのり君と、ほぼ同時だった。

「好きじゃ」

「殺す」のり君がもう一度言った。

（略）

「殺す」は、全然だめだった。どこにも命中しなかった。破壊力を持つのはあみ子の言葉だけだった。あみ子の言葉がのり君をうち、同じようにあみ子の言葉だけがあみ子をうった。

のり君はこのあと、あみ子を殴って怪我をさせてしまうのだが、あみ子の心は揺るがない。あみ子はどこまでもただ一人、愛を抱きつづける。

あみ子は最初から最後まで「女の子らしさ」などというものからずれてしまっている。「かわいい」にも「きれい」にも「やさしい」にも取り込まれることなく、あみ子はずんと、二本の足で立っている。あみ子自身はそのことに気づいていなくて、だからとても強い。

どういうきっかけで口数の少ない清本さんと遊ぶようになったのかわからない。清本さんはまじめで、勉強もよくできる人だったけれど、それはわたしと比べてであって、クラスで一番とか、そういう感じでもなかった。笑うときは下を向いて恥ずかしそうに笑う。みんなから一歩下がっている感じの人だった。

わたしたちが熱中したのは、ノートに家の間取りを描く遊びだった。ものさしを使って一ページに一軒の家の間取りを描く。玄関を描き、廊下を描き、台所を描き、風呂場を描く。食堂のテーブルを描き、椅子を描く。でも人間は描き込まない。

ああして、こうして、と描いていって、できあがると見せ合った。清本さんは芯の細い2Hぐらいの鉛筆で、廊下の板目を描き込み、一部屋一部屋、隅々まで描き込んでいた。玄関には揃《そろ》えた靴が描かれているし、寝る部屋には布団と枕が描かれていた。わたしはどんなことでも細かな作業が苦手だから、まっすぐ引いたはずの線は太く斜めになっていたりする。

ここが風呂場で、ここに窓があって、裏口はここ。いいなあ、いいなあ、こんな家に住みたいよねえ。話すのはそんなことぐらいだったけれど、わたしたちは飽きずに、ときには清本さんの家に行ったりもして、ほかのことはしないで、ただただ家の間取りを描きつづけた。清本さんはクラスの女の子たちのどのグループにも入っていなかったと思う。何をするにも自分のペースで、ほかの人がどう思っているかなんてことは気にしていないように見えた。どうしてわたしと遊んでくれたんだろう、と思う。

間取りを書いたノートが一冊終わった頃に学年が変わってクラスが別々になってしまうと、いつのまにか清本さんと遊ばなくなった。そのあとも中学を卒業して別々の高校に進学するまで、清本さんと親しく話したことはなかったと思う。中学生になった清本さんはあいかわらず勉強がよくできるようだったし、ほかの女子と一緒になって騒いでいるところを見たこともなかった。ものしずかな小学生だった清本さんは、わたしみたいに大きくなるにしたがってますます気が強くなって男子と喧嘩《けんか》をしたりすることもなく、ものしずかな中学生となり、そのまま卒業していった。

同学年の友だちより、隣家の一つ下の勝太郎くんと仲良くなって、毎日遊んでいたのは三年生ぐらいのときだった。

勝太郎くん一家はある日、隣の家に引っ越してきた。勝太郎くんのお父さんは銀行の支店長で、隣の家は社宅だった。

一人っ子の勝太郎くんと最初に熱中したのも人形ごっこだった。でも、このときの人形はセルロイドではなくて大きい着せ替え人形だった。初めはわたしが無理やり勝太郎くんに人形ごっこの相手をさせていたのだと思うけれど、そのうち勝太郎くんも人形ごっこに夢中になって、お母さんに無理を言ってミルク飲み人形を買ってもらった。わたしが持っていたのは父がだいぶ前に買ってくれた（どこで買ったのだろう）、金色の長い髪がウエーブしている八頭身の人形だった。寝かせると青い目を閉じ、起こすと開く。ウエストは細く、胸は膨らんでいて、ミルクは飲まなかった。勝太郎くんが買ってもらったのは普通の、ぽっちゃりした顔に大きい黒い瞳、丸い体の人形だった。

わたしたちは人形を抱っこしたり、おんぶしたり、服を着替えさせたり、家じゅう歩きまわって遊んだ。勝太郎くんが人形をおんぶしてうちに遊びに来ることもしょっちゅうだった。しばらくすると、勝太郎くんのお母さんは心配になったのだろう、うちに来て、母に「このまま、男の子が人形ごっこをするのを見過ごしていてもいいもんでしょうか」と相談していた。

わたしはきっと、お姉さん風を吹かせていたと思う。昼間は勝太郎くんに、これして遊ぼう、あれして遊ぼうと指図し、勝太郎くんの新しい子供用自転車を乗りまわしもした。

勝太郎くんの家にはテレビがあったから、夜、晩ごはんを食べてからテレビを見に行くこともしょっちゅうだった。うちは父が死んでしまい、テレビどころじゃなかった。

遠慮しているつもりが、いつのまにかチャンネル権を奪って見たい番組を見はじめる。『とんま天狗《てんぐ》』や『ジェスチャー』などを見てげらげら笑い、遅い時間にあった『お笑い三人組』も見る。晩酌をしながら一緒にテレビを見ている勝太郎くんのお父さんも、縫物などしながらテレビを見ているお母さんも、「そろそろ帰ったほうがいいよ」とは言わない。

やっと腰を上げ、広い玄関のコンクリートの三和土《たたき》でつっかけを履くときになって、なんだかものすごくいけないことをしていたんじゃないか、という気になった。こんな時間までいちゃいけなかったんだ、と。すごすごと帰ったはずだったのに、つぎの晩になるとまた、「テレビ見せてくださーい」と、玄関の格子戸の前で声をかけた。勝太郎くんの両親はわたしのことをどう思っていたのだろう。たぶん隣のど厚かましい子にあきれ、ただただ我慢していたんじゃないかと思う。

しばらくして勝太郎くんに弟が生まれた。それからは勝太郎くんの家にではなく、勝太郎くんの家の前の文房具店にテレビを見せてもらいに行った。

その店をやっているおじさんは、当時三十六、七歳だったのだと思う。店の奥で寝たり起きたりの生活をしてる中風のおばあさんの養子だと、母が言っていた。テレビを見に行くと、薄暗い部屋のなかに煌々《こうこう》とテレビだけが点いている。上がり框《がまち》を上がったところにかしこまって、ディズニー劇場やプロレス中継を見た。黙って見た。おばあさんも、おじさんも黙っている。一時間ぐらい見て、家に帰った。

子供の頃、だれかと友だちになるということがよくわからなかった。だれを友だちと呼んでいいのかが。一緒に遊ぶのがおもしろくて仲良くなったはずなのに、いつのまにか遊ばなくなっていたりする。近づいてみたいような気がするのに、どうやって近づけばいいのかわからない。宙ぶらりんな感じで、宙ぶらりんなまま、家でごろっとしていたり、運動場まで行って、ほかの子が遊ぶのを見たりした。
運動場の隅に斜めに生えた木があって、その木の途中まで登って腰をかけ、鼓笛隊の練習を見た。上級生の男子や女子が行進しながら、アコーディオンを弾き、大太鼓や小太鼓を叩《たた》き、鉄琴を掲げて軍艦マーチを演奏している。戦争が終わって十年以上たつというのに、練習曲目は変わらず軍艦マーチなのだった。列を崩さずに歩きながら演奏する上級生たちを見てあこがれたけれど、鼓笛隊に入れるのは五年生以上だった。わたしはどんな楽器も演奏できないくせに、五年生になったら是非とも入りたい、と思って眺めていた。いつまでたっても日が暮れない気がした。

『結婚式のメンバー』（カーソン・マッカラーズ）の十二歳の「フランキー」は、おなじ日が毎日つづくことに飽き飽きしながら、だからといって何をすればいいかもわからなくて、家でくすぶっている。アメリカ南部の小さな町で宝飾店を営む父と暮らしているフランキーは、一日の大半を台所で過ごしているのだ。通いのアフリカ系の料理女「ベレニス」と、毎日のようにやってくる六歳の従弟、「ジョン・ヘンリー」と一緒に。昼ごはんを食べたり、おしゃべりをしたり、トランプ遊びをしたりして時間を潰す。そして、そうしながら苛《いら》ついてもいた。

その夏、フランキーは自分がフランキーであることに心底うんざりしていた。そして自分のことがどうしても好きになれなかった。夏の台所でうろうろしている、図体ばかり大きい、役立たずの怠け者になったように感じていた。汚らしく、貪欲で、意地悪く、そして惨めだ。

急に背が伸びたフランキーは、自分の身長も、狭い肩幅も、長すぎる脚も嫌いだった。髪を男の子のように短く刈り、ブルーブラックの運動用のショートパンツをはき、BVDのアンダーシャツを着て、足は裸足。フランキーはじりじりしながら日々を過ごしている。仲の良かった友だちが引っ越して町からいなくなると、フランキーは自分もこの町から出ていかなくちゃいけないという思いにかられる。でも、どこに、どうやって行けばいいのかわからない。だから、しかたなく台所をうろついているのだ。

自分は誰なのだろう、自分はこの世の中で何ものになろうとしているのだろう、なぜ自分は今ここにじっとたたずんでいるのだろう、明かりを眺めたり耳を澄ませたり、夜明けの空をじっと仰ぎ見たりしているのだろう。

そんなある日、兵士になって家を離れていた兄が婚約者を連れて戻ってきて、日曜日に結婚式を挙げる、と告げる。フランキーはその結婚式が自分の世界を変える特別な出来事になるにちがいない、と考えはじめ、その考えに夢中になる。そしてベレニスに、結婚式に行ったら、そのままもうわたしは帰ってはこない、と告げる。兄たちについてこの町を出ていこうと決めたのだ。「どのようにして世界に出て行くかがわかった」と思い、その思いつきにしがみつく。

するとどういうわけか、それまで色褪《いろあ》せて見えていた町が違って見えはじめる。結婚式の前日になると、ドレスを買いに町に出たフランキーは「ジャスミン」と名乗り、トラベラーの目になって町や人々を眺めて歩く。

そういうフランキーを見たベレニスは「馬鹿なことを言うもんじゃない」と諫《いさ》める。あの人たちがあんたを新婚旅行に連れて行くわけがない、と。それまでもベレニスは、台所でくすぶっているフランキーに、自分の人生を話して聞かせていたのだ。

「ハニーみたいな若い子はときとして、もう息をすることさえできないように感じてしまう。何かを壊してしまいたい、自分を壊してしまいたいっていう気分になる。あ

たしたちはときどき、ただもうこらえきれなくなってしまうんだよ」

フランキーは期待でいっぱいになりながら父とベレニスとジョン・ヘンリーと共に、遠くの町で挙げられる結婚式に出かけていく。けれどももちろん、あれほど熱望していた兄夫婦と共に新しい出発をするという夢は果たされることはなく、フランキーは家に帰ってくるしかなかった。

ここじゃないどこかへ、と気持ちがぐるぐる渦巻くことがあったなあ、と思う。この自分じゃなくて、ちがう自分になれたらと思うこともあった。新しく知り合った友だちのなかに、自分の知らない世界を感じることもあった。

友だちの家へ初めて行くと、わたしは我慢できずに家のなかをじろじろ見た。うちとはぜんぜんちがっている、と思って嬉《うれ》しくなった。家具も食器もカーテンも。鴨居《かもい》の上の額入りの写真も、仏壇も。その家の何もかもが何かを後ろに隠しているような気がした。

あの頃は電話のない家がほとんどだったから、夏休みのあいだに退屈になると、いるかどうかもわからないのに「行ってみよう」と思いたって、友だちの家を目指して遠い道を歩いた。汗まみれになってやっとたどり着くと友だちは留守で、その子のお母さんが「暑かったじゃろ。ちょっと休んでから帰りんさい」と、冷たい砂糖水を作ってくれた。砂糖水を飲み干して、でも休むっていうことがわからなくて、またてくてく歩いて家に帰った。会えなかったからといって無駄足だったとも思わなかった。べつになんの不満もなかった。

8

家族

家の前半分は商工会の事務所で、その二階の広間で編み機を使う編み物教室が開かれていたことがある。編み物が好きな母は月賦《げっぷ》で編み機を買い、編み物教室に通った。新しい毛糸はめったに買えないから、穴があいたり小さくなったセーターをほどいて、糸をかせにして洗い、乾いて縮れた糸をやかんの湯気で伸ばし、それで編む。わたしはやかんがのっている火鉢のそばに座って両手にかせを掛け、母が伸びた毛糸をくるくると玉にしていく。何色のセーターがええかねえ、と玉を作りながら母は聞く。何色といっても、実際には小さくなったセーターをほどいた糸だけでは大きいセーターは編めないから、二、三種類の色が段々に編まれることになる。それでもわたしは新しいセーターが嬉《うれ》しかった。ひと色のセーターよりも、そっちのほうが洒落《しゃれ》てると思っていた。

晩ごはんのあと、母は横長の編み機を炬燵《こたつ》の上に据えると、そばにスタンドを置いて手許を明るくし、シャーッ、シャーッ、と夜遅くまで編み機を動かした。

布団を作るときには、八畳間に自分で縫った布団の皮を広げ、その上に打ち直した綿を広げて、端を真綿で包む。日曜日には、家の裏の小さな畑を耕して、じゃが芋やグリーンピースやトマトやナスを作った。

母が働きづめなのはわたしにもわかっていた。四十七で夫を亡くしたとき、息子は十二、娘は八つだった。母は三十四、五で結婚し、わずか十二、三年の結婚生活だった。

母は山口市で生まれた。家は山口駅前でうどん屋をやっていたらしい。お餅も作っていたそうで、子供の頃、汽車の時間に合わせて駅に売りに行かされたもんよ、と話した。

母の父は酒好きで、毎日、日が暮れると湯豆腐の鍋がのっている長火鉢の前で、一人晩酌をした。しばらくすると子供の母を小声で呼んで「もう一本持ってこい」と火鉢の陰からこっそり徳利を出したという。そのわたしの祖父は、春、お花見に行って存分お酒を飲んだあと、桜の下で倒れ、そのまま死んでしまったそうだ。知り合いに頼まれて借金の保証人になり、そのせいで借金を背負い込むはめになって財産を失い、そのあとうどん屋を始めたという父親を、母はよく言わなかった。「人がええばっかりで、嫌が言えん人じゃったから。ええかね、ぜったいに保証人だけにはなっちゃいけん」と、両親の話などしたあと、いつも母はそう話を締めくくった。だけどわたしは会ったことのないこの祖父がなんとなく好きだった。おなじく会ったことのない祖母よりも。

父親が死んだあと、母は母親と二人でうどん屋をなんとか切り盛りしていたそうだが、その母親が病気になって入院してしまうと、店の仕事と看病を両方することになった。「寒い朝早くに病院に行っておかさんの看病をして、それから帰って店をあけて、一日じゅう働いたんよ。何から何までわたしが一人でやった」と、母は幾度もその話をした。

母は母親をものすごく尊敬していた。「おかさんはほんとに賢い人じゃった」と言うのを何度も聞いた。「なんでもよう知っちょっちゃった。なんでもできる人じゃった」

圧倒的に強い存在だったんだな、といまではわかる。子供のときは、ふうん、と聞いていた。圧倒的に強かった祖母は、たぶん母の上に君臨していたんじゃないか。もしかしたら祖父の上にも。

たぶん、そういうことが下敷きになっていたのかもしれない、と思う。祖母は自分のあまりの正しさが娘を抑えつけていることに気づかなかった。抑えつけられた母は、気づかないうちに娘を抑えつけてしまっていた。親にされたことを自分の子にしてしまう、という話になるけれど。

母自身気づかないうちに、いいお母さんを一生懸命しながら娘を抑えつけた。いい子になってほしいと願いながら娘をなんとか自分の言いなりにさせようとしていたんだと思う。わたしは母から事あるごとに「ひねくれている」と言われた。

うまくいかない母との関係を「なぜだ」と考えるようになったのは三十を過ぎてからだった。それまではずっと心のどこかに、母を嘆かせ、苦しめてばかりいるわたしは悪い娘だ、という罪悪感があった。

母は、わたしがしたいと思っていることや、考えていること、興味を持っていることなどにはほとんど関心を持たない人だった。そんなことはええから、とにかくお母ちゃんの言うことを聞きんさい、そうしていればまちがいはないから、と。母はわたしに滋養のある食べ物を食べさせ、温かいセーターも着せ、あらゆる世話を焼きながら、母の言うことをよく聞く、母が考える「親孝行な娘」になることだけをわたしに望んでいた。

父が死んだあと、母に働き口を世話しようと言ってくれた人が何人かあったらしいけれど、それまで勤めに出たことがなかった母には「勤め人」になる勇気はなかったんだと思う。どうすることが勤め人なのかもわかっていなかったと思う。だから給料は安くても、知らない職場で働くより家でできる仕事を、と考えたのだろう。商工会の事務所の隅に事務机を一つ置かせてもらって、木材協会という、近隣の町で木材を商売にしている店や会社などが加盟している団体の事務仕事に就いた。父が生きているときは父の会社がその事務を任されていたのだと思う。自宅とはガラス戸一枚で遮られている事務所で、上司はいないし、商工会の人たちはみな親切だったし、働きやすかっただろう。

わたしは学校から帰ると事務所のガラス戸のところに行って、目隠しの紙が貼ってあるガラスのわずかな隙間に目を当てる。事務所にお客さんが来ていないのをたしかめてからガラス戸をあけて事務所に入った。商工会のおばさんやおじさんはやさしくて、毎日のようにお菓子をもらった。着物を着て事務机に座っている母もやさしかった。

母の一番の仲良しは、むかいの電気工事店の先田のおばさんだった。先田家には娘二人と息子が二人いて、上から三番目の長男が兄と同学年だった。先田一家も、山ひとつ越えた北の町から引っ越してきて間がなかった。

先田のおばさんはおっとりと、いつもにこにこしていて、買い物帰りに裏から「奥さーん、おって?」と、うたうような声をかけながら入ってくる。すると母は事務所から家にもどり、お茶をいれ、炬燵《こたつ》に入ってひとしきりお喋《しゃべ》りをする。わたしはそれを炬燵に寝転がって聞いていた。ときどき起き上がって「おばちゃんの言いよることは悪口じゃろ」などと口を挟む。わたしはいつだってそういう余計なことを言ってしまうのだ。そして母に叱られる。

いつの頃からか貸本屋に通いはじめていた。

小学校に上がってから毎月、本屋さんが届けてくれていた『小学一年生』に載っている漫画が好きだったし、『なかよし』の「リボンの騎士」（手塚治虫）は大好きだった。雑誌を買ってもらえなくなってからは、友だちから『少女』や『りぼん』を借りて読んだ。そしてあるとき、貸本屋というところに行ってみると、少女漫画が棚にぎっしり並んでいた。

よく行ったのは家の近くの、大工のおじさんが家で始めたばかりの貸本屋だった。材木などが並んでいる店の一角に、おじさんが作ったらしいまだ木の匂いがする棚が三列くらい並んでいる。漫画を選んでいると、戸をあけたままの奥の台所から何かを煮たり、炒《いた》めたりする音と匂いがしてくる。ときにはそこで家族が食事をしているのがまる見えになっていた。

その店の本はそんなにきれいじゃなくて、漫画家別に並んでもいなくて、入れ替えもめったになかったけれど、ほとんどの本はたしか五円で借りられた。迷ったあげく、やっと借りる本を決めて「これ貸してください」と台所に向かって声をかけると、おばさんが出てきて、ノートに鉛筆で日付とかわたしの名前などを書き込む。

もう一軒は運動場のむこう、駅通りを越えて、お寺の先にあった。背の高い生け垣に囲まれた普通の家。門を入って玄関の引き戸をあけると、狭い土間に本棚が天井近くまでそびえ、漫画がぎっしり詰まっている。この店の本は半分以上が少女漫画で、ビニールのカバーがかかっているし、漫画家別に並べてもあったが、その代わり五円で借りられる本はちょっとしかない。月刊誌も揃《そろ》っていて、それにもきれいにカバーがかけてあった。新しい月刊誌はたしか二十円で、古いのは十円だった、たしか。わたなべまさこや赤松セツ子が好きだった。借りた本を家に帰るまで待てずに歩きながら読んでいて、溝に落ちた。

小遣いなどろくに貰《もら》っていなかったはずなのに、お金はどうしたんだろう。お年玉などを貯めていたのか、ときどき母に十円、二十円と貰っていたのか。母の財布からこっそり盗《と》ったのかもしれない。貸本なんか借りちゃいけん、と母に言われていたので、いつも隠れて貸本屋に行き、借りた漫画は簞笥《たんす》の陰でこそこそ読んだ。

わたしは子供のくせに、夜、なかなか寝つけない質《たち》だった。寝る前には家にある古い漫画雑誌や学校で借りた本などを枕元に積み、これを読んでから寝よう、と布団に入る。そして母が寝たあとも、眠くなるまで読んだ。物語が好きだった。どんな物語でも、おはなしのなかにもぐり込んでしまうと、自分のなかでびっくりするような気持ちがわき上がってくることがある。そうすると自分が自分の輪郭からちょっとだけ抜け出たような気がした。布団のなかで『点子ちゃんとアントン』や『若草物語』を読んだ。『フランダースの犬』を読んで、夜中、一人泣いた。

そうすると朝、起きられない。何度も起こされてやっと起きても、ごはんを食べる前に郵便受けまで小学生新聞を取りに行って、連載漫画、園山俊二の「がんばれゴンベ」を必ず読む。それからごはんを食べはじめるのだが、じき、学校から始業のチャイムが聞こえてくる。そのあいだ、母はそばで、ずっと苛々《いらいら》しながら小言を言っている。

母は極度の心配性でもあった。わたしや兄が病気になるんじゃないかと怖れ、兄もわたしも冬になると下着の上にチョッキやセーターやカーディガンなどを七、八枚重ね着させられていた。身体検査のときに服を一枚一枚と脱いでいると、友だちが「まだ着ちょるん？」と驚いた。夜はぶ厚い冬布団を二枚重ねて寝た。そのせいか虚弱体質となって、わたしはしょっちゅう風邪をひいて学校を休んだ。

母はまた、どんなことも悲観的に考える質《たち》だった。町営プールに泳ぎに行くと言えば、「プールで溺れて死んじゃった子がおってよ」と言い、修学旅行に行く前には「バスが事故を起こさんにゃいいけど」と不吉なことを言う。「旅館が火事になったらどうする？」

と脅しもする。何か悪いことが起きるかもしれん、とたえず先まわりして考えずにはいられないのだ。そういうものがどんどん胸のなかで膨らんで不安でいっぱいになると、それを全部口に出して、わたしや兄に浴びせるのだった。

きっと何か良くないことが起きる。何ごとにつけ、先回りしてそう考えた。だから母は、わたしのしようとすることはすべて反対せずにはいられなかったのかもしれない。わたしが言ったり、したりすることのいちいちが母の不安をかきたて、母はそれを受け入れることはできなかったのだろう。

貸本屋に行くようになったのは、中二で山口市から帰ってきた兄の影響だったのかもしれない。兄はときどき貸本屋で男がピストルを撃ち合うような漫画を借りていた。

小さかったとき、兄のすることは何でも真似した。兄とわたしはおなじだと思っていた。兄がパッチンや、独楽《こま》まわしや、凧揚《たこあ》げをするのについて歩いた。ヒゴをロウソクの火で曲げて飛行機を作るときも、そばで見ていた。『冒険王』などの漫画雑誌についている紙製の付録を作るのも見ていた。少し大きくなってからはダイヤモンドゲームで毎晩遊んだ。

でも一年半ぶりに山口市から帰ってきた兄は前とは感じがちょっとちがっていて、もう一緒に遊んだりはしなかった。兄はもう子供じゃなくなった顔をしていた。

母は兄が帰ってきてさぞ嬉《うれ》しかっただろうと思う。それからは兄を頼りにし、兄の好きなものを作って食べさせた。兄は手伝いを頼まれると、わたしとちがって口ごたえせず、黙ってやった。便所の汲《く》み取りを手伝い、薪を割り、風呂を焚《た》いた。が、わたしに言わせれば、そんなのわたしがさせられている手伝いに比べれば半分にもならない。

「なんで、お兄ちゃんに茶碗《ちゃわん》洗いを頼まんの？　男女平等じゃろ」と母をなじり、母は溜《ため》息《いき》をつく。

母はたぶん、貧乏でも親思いの子供が母を助け、みんなで力を合わせて生きていく、というような家庭を作りたかったのだろう。母は夕飯のときに幾度となく、親戚の、父親が戦死したあと母親が女手一つで子供を育てた家の息子が長じて大会社に就職し、母親孝行をしているという話をした。

そんな家族になれないのはわたしのせいかもしれない、とわたしはうすうす感じていた。たしかに、わたしは毎日のようにいろんなことで叱られていたのに（わたしに非があるにしても）、兄はそうでもなかった。兄は母に従順だからだ、と思っていたけれど、多分そうではなくて、母はわたしのすることや言うことを前にするとどうしても苛々《いらいら》してしまうのだ。それはわたしが娘だったからか、単に気が合わなかったからか。母が意識の底に眠らせているものをわたしが刺激したからか。

そんなときにルナールの『**にんじん**』を読んだ。「にんじん」はわたしに似てるなあと思った。

「鶏」は、庭の奥にあるとり小屋の戸を暗くなってから三人の子供のうち誰が閉めに行くか、というはなしだ。

お母さんがお兄さんに聞くと、「ぼかあ、とりのせわをしにここにいるんじゃないよ」と答える。お姉さんは「あたし、こわいわ」と言う。そして末っ子のにんじんが、お兄さんに「こわいものなしさ、こいつは」とおだてられて行くはめになる。にんじんも怖くてたまらないのに必死でとり小屋まで走り、戸を閉めて戻ってくる。そして得意そうに笑って、みんなが褒めてくれるのを待つのだが、お母さんはにんじんに言う。「これから、毎晩、おまえがしめにいきなさい」と。

にんじんはその髪の毛の色だけでなく、家族のなかで一人変わっている。意地っ張りでもある。ある日の朝、お母さんがにんじんの湯のみにぶどう酒を注ごうとすると「ぼく、いらないよ。のど、かわいてないから」と言い、夕飯のときもまたそう言う。あくる日には、お母さんから「湯のみがほしかったら、じぶんで戸だなから出しといで」と言われるが、にんじんは出しに行かない。そのあとも強情を張って、ずっと飲まないで過ごす。

そういうところがお母さんには気に入らない。可愛げがなくて、すぐいい気になるにんじんをなんとか抑え込もうとして、にんじんに辛くあたる。辛くあたられると、にんじんはねじくれる。すると嘆かれる。

最後のところで、少し大きくなったにんじんが丘の上から「やい、いんごうばばあ！いよいよ、これで申し分なしだ！ おれは、おまえがだいきらいなんだ！」と叫ぶ場面がある。すぐにお父さんに「こら、よせ！ なにはともあれ、おまえのおっかさんだ」と諌《いさ》められ、するとにんじんは、たちまち単純で用心深い子供にもどって「ぼくのかあさんだと思ってこういうんじゃないんだよ」と打ち消すのだ。

わたしは何度も、そこを読んだ。

わたしは知ったかぶったことを言って笑われると、意固地になってぜったいまちがってない、と言い張った。

ある晩、ごはんを食べているときに喧嘩《けんか》になった。たぶんわたしが自分の考えを曲げなかったからだ。母と兄は一緒になってわたしを笑い、「強情で困ったやつだ」と嘆いた。

わたしは箸を置くと、自分の場所に引っ込んだ。自分の場所というのは、ごはんを食べる部屋の一角をカーテンで仕切り、机と小さい戸棚を置いただけの場所で、わたしはランプ柄のカーテンを閉め、声を立てずに泣いた。泣き声を聞かれるのがくやしかった。わたしの正しさなど大したものではなかったはずなのに、それにこだわった。わたしはたしかに強情でもあった。きょうのことはぜったい忘れない、と、そのときも泣きながら心に誓っていた。わたしはどんどん窮屈になっていった。

うちは貧しかったけれど、小さい畑もあったし、なんとか食べるものはあった。

『ビリー・ジョーの大地』（カレン・ヘス）の暮らしぶりはすさまじい。

一九三四年から三五年のアメリカで、国の経済危機と自然災害に苦しむ家族のはなしだ。中西部のオクラホマに暮らす「ビリー・ジョー」の父は小麦を育てているのだが、その年は干ばつに見舞われ、ものすごい砂嵐が農地を吹き荒れた。育ちかけの小麦は根こそぎ吹き飛ばされ、土埃《つちぼこり》が家のなかまで入ってくる。

男の子の名前を持つ十四歳のビリー・ジョーの言葉は簡潔だ。よけいなことは言わない。目で見たこと、感じたことをそのまま語る。

とうさんが入ってきた。
かあさんの向かい側にすわって鼻をかんだ。
泥がほとばしり出た。

とうさんは咳《せき》をしてつばを吐いた。
それも泥だった。
とうさんがそのとき泣いていたら
涙も泥でできてたと思う。
でも、とうさんは泣かなかった。
かあさんも泣かなかった。

そんなときもビリー・ジョーはピアノを弾く。五歳のときから母さんにピアノを習っていて、小麦が枯れてしまったいまもピアノに向かってさえいれば、土埃のことなど忘れていられた。だが、母さんにはそれが気に入らない。ビリー・ジョーがピアノを弾きはじめると、きまって用事を言いつけるのだ。

その母さんがその後、火のついた灯油をかぶるという事故で、生まれたばかりの弟と一緒に亡くなってしまう。しかも灯油のバケツを、そこに母さんがいるとは知らずに投げつけたのはビリー・ジョーで、そのことでビリー・ジョーは深く傷つく。自身も手に大やけどを負い、ピアノが弾けなくなってしまった。父親もふさいでしまって、娘にやさしい言葉をかけようとはしない。

あたしはもう父のことなんか知らない。
だれかが向こう側にすわっている。
父のように見えるし
父のようにものを食べる。
土埃だらけの髪をとかすやりかたもすごく父に似ているけど
あれは、知らないよそのだれかだ。

日照りはつづき、砂嵐は襲いかかる。土地を捨てる家族も出てくる。塵肺症《じんぱいしょう》で亡くなる人も出てくる。ついにビリー・ジョーは家を出る決心をして、ビスケットを鞄《かばん》に詰め込んで貨車にもぐり込む。遠くまで行くつもりだったのにビスケットを盗まれて、仕方なくまた家に帰るのだが、その小さな旅で、土埃《つちぼこり》からは抜け出せても、「自分の中にあるものからは絶対に抜け出せない」ことを知る。そして、ふたたびピアノに向かう。

苦しい生活のなかで家族が手を取り合って困難に立ち向かえれば、それはたいしたことだと思う。けれどたいていは、それぞれがそれぞれの現実に立ち向かっているんだと思う。それでいいじゃないか、と思う。家族が心を一つにして、という美しい言葉によってかえって傷つく者が出てくるようなら、そんな物語は遠ざけておいたほうがいい。

『夜が明けるまで』（マヤ・ヴォイチェホフスカ）には、戦時下、祖国を捨て、たくさんの困難に遭いながらも、大人の理屈に抵抗しつづける少女が描かれている。

一九三九年、ナチス・ドイツがポーランドに侵攻したとき、主人公の「わたし」は十二歳だった。パイロットの父は従軍していて、わたしは母と兄と弟の四人で故国を捨て、フランスを目指すことになる。ポーランドは必ず勝つと信じる兄、事態を受け止められずにいる母、それに幼い弟と一緒に汽車の旅を続けるわたしは、ドイツ軍への憎しみをたぎらせる。それだけでなく、厳しい眼差しを母にも向ける。

ママはいつも、現実をきちんと受けとめることがなかなかできず、他人を疑ってみたり、自分がひとから利用されていることを見破ったりすることは、なおのことできませんでした。

男の子に生まれればよかったと思っているわたしは、母親に対してだけでなく、おなじ避難民である周囲の大人たちにも冷ややかな目を向ける。彼らは失った財産を競うように誇張して話し、嘆き合っているだけだ、と。そして爆撃に怯《おび》えて泣きだす子供たちをも軽蔑する。

子どもたちは怒りに泣いているのではなく、自己憐憫《れんびん》から泣いているのでした。そんな自己憐憫と恐怖は子どもたちの顔をみにくく、年寄りくさくしていました。

わたし自身は、死を怖れまい、と心に決めていて、戦争が人間からやさしさや、思いやりや、誇りを奪っていく様を見つめつづける。困難が人間を醜くするのを。

フランスで暮らしはじめて学校にやられても頑としてフランス語は話さず、あげく放校になってしまう。そして、いざとなったらドイツ兵を撃とうと、兄と銃を用意する。

戦争が始まった朝、庭でドイツ軍機に愛犬を撃ち殺されたことが忘れられなくて、「犬を殺した男をさがし出す努力をしなかった」自分に対する怒りを抱えつづけてもいる。おろおろしどおしの大人たちを嫌悪し、ナチス・ドイツへの激しい怒り、侵攻を許したフランスへの怒りなど、わたしのなかには怒りが渦巻いている。

いつまでたっても戦争は終わらず、唯一人頼りにしていた兄もいつのまにか自分だけの時間を持ちたがるようになっていて、わたしはいまや一人ですべてと闘わなくてはならなくなっている。「英雄的な死」を夢みるようになり、町に爆撃があると、わざわざそこへ出向いて立ち合う。

やがて一家は片田舎の、ポーランド人が大勢泊っているホテルに落ち着く。やっと穏やかな生活ができるというのに、わたしは人々からは距離を取って、彼らを冷ややかに見つめるのだ。「まるでどこか避暑地にでも来ているようなのです。まったく、この人たちのくだらないおしゃべりや、その社交的なことばのやりとりときたら」というふうに。

そんなわたしのもとに、父からの手紙が届く。そこには「おまえが祖国に対してできる最大の貢献は、身近な人々に対してやさしく親切にしてやることだ」と書かれていた。

わたしは手紙をくしゃくしゃに丸め、それから街をぶらつき、タバコを吸い、街の人々の生活を探って歩く。

わたしは自分という人間が、その考え方が、その成長のしかたがいやでたまりませんでした。

戦時下、転々と住まいを移さなくてはならない過酷な生活を送りながら、この少女は自分の言葉を吐きつづけている。困難のなかでむき出しになる人間の本性を見つめつづけて、目を逸《そ》らさなかった。国を考え、民族を考えた。自分の感情に蓋をしないで家族間の摩擦に顎を反らした。自分の死も考えた。そして深く傷つきもした。

この少女の圧倒的な強さに驚く。

9

日々

中学生になって嬉《うれ》しかったのは通学というものができるからだった。小学生のとき、通学にあこがれていた。学校と家があまりに近かったので。学校が終わると、運動場の片隅の、そこだけ運動場を囲んでいる杉木立が途切れている場所から路地に抜け、二十歩ほど歩けば家に着いた。ときどき通学をしたくなると、わざわざ校門から出て商店街をまわって家に帰ったりした。

家から中学校までが十五分、敷地に入って校門までの並木道をさらに五分ほど歩く。

その通学路の途中に中本くんの家があった。中本くんは同級生で、小学三年生のときに病気で亡くなった。中本くんはずっと病気で学校を休んでいた。痩せて色白で、たまに学校に来ても、みんなからは離れていた。一度だけ、先生に言われたのか、自分たちでそうしようと話し合ったのだったか、休んでいる中本くんのお見舞いに行った。おなじクラスの三、四人で。

中本くんのお母さんに言われて家に上がったけれど、わたしたちはほとんど話をしなかった。寝間着を着た中本くんも黙って布団に座っていた。じりじりと時間が過ぎるなか、わたしは何度も部屋のなかを見まわした。襖《ふすま》、簞笥《たんす》、柱時計。それから、わたしたちは家を出た。中本くんのお母さんが送りに出て、わたしたちにお辞儀をした。あなたたちはみんな元気でいいね、と言った。自分たちだけが元気でいるのはなんだか悪い気がして、来たりしちゃいけなかったのかもしれないと思った。中本くんはそのあとしばらくして亡くなった。中本くんの家の前を通るたび、あのときの中本くんとおばさんの顔を思い出した。

中学に入ると、教科ごとにちがう先生なのが嬉しかった。小学校では一日じゅう一人の先生で、先生に好かれているか嫌われているかを、どっかで気にしていた。

一度、好きな人の名前を一人、嫌いな人の名前を一人書きなさい、と紙を配られたことがあった。五年生くらいのとき。道徳の時間だった気がする。みんなが書き終えると、その紙を学級委員が集めて一枚一枚読み上げた。わたしの名前も書かれていた。好きな子のほうに書かれていたかどうかは覚えていないが、嫌いな人の名前のなかにあった。わたしの名を書いた人が二人か三人いた。ものすごく恥ずかしくなった。やっぱりな、とも思った。嫌われてるんだ、と思った。だけど、と思う。あれは一体何のためのアンケートだったのだろう。

中学生になってからも、わたしはできれば先生に好かれたいと（だからといって、そのためにわざわざ何かをすることはなかったけれど）思っていたと思う。好きになれない先生もいたが、その教科のときだけ我慢していればいいので、特に逆らったりもしなかった。

中一のときの理科の先生は、前は小学校の先生だったという年をとった頭の禿《は》げた先生で、ズボンの裾をいつもソックスのなかにたくし込んでいた。声が大きくて、教科書に書いてあることを噛《か》み砕くようにして説明する。まるで、わたしはほんとうはもっと難しいことを知っているんだが、あえてきみたちに易しい言葉で話してやっているんだよ、と言ってるみたいだった。あるとき、「どんなことでもええから、僕に聞きたいことを書きなさい。質問は恥ずかしいことじゃないからね」と紙が配られた。この先生は自分のことを「僕」と言った。

わたしは深く考えずに「魚はえら呼吸しているそうですが、水中でどうやって呼吸できるんですか」と書いた。じつに幼稚な思いつきだった。が、考えようによっては、まあまあいい質問である。

集めた紙を一枚一枚読みあげては質問に答えていた先生が、わたしの質問を読むと「けっ」と言った。

それから声を一段とはり上げて、「こんなあほらしい質問を書いた人がおーる。こんなの小学生でも知っちょる。恥ずかしいのお」とわたしを見て、質問には答えずに、つぎの質問に移った。

わたしは恥ずかしさにまみれながら、もしかしたら先生はうまく答えられないんじゃないか、それとも答えるのが面倒くさくてごまかそうとしてるんじゃないか、と先生の顔を見た。それからは、その先生を疑りぶかい目で見るようになった。そういう性格なのだ、わたしは。根に持つ。どっちにしても、理科はわたしには永遠にわからない科目のままだ。

たしかにわたしは反抗的な子供だった。でも、あからさまに先生に反抗したりはしなかった、それまでは。三年の後半の半年間、わたしは担任の丘先生に反抗しつづけた。反抗といってもささやかなもので、口をきかなかっただけだ。目も合わせない。赦《ゆる》してなるものか、と思っていた。

事件が起きたのは二学期の初め頃だった。もしかしたら夏休み中のことだったかもしれない。

事件のことは生徒には知らされていなかった。ある日の昼休み、クラスの男子だけが職員室に呼ばれた。

「どうしたん、なんで呼ばれたん」と戻ってきた男子に聞くと、「おれら全員腕まくりさせられた。丘先生が一人ひとりの腕を見たんよ」と話した。校長もそばにいた、と。「おれら、疑われたんよ。痴漢じゃないかと」と言う。「おれらが？　やるわけないじゃろう」と笑っている者もいる。

農業試験場の生け垣のそばで、夜、女の人が痴漢に襲われ、その疑いをかけられた、というのだ。その女の人が「痴漢の腕に噛《か》みついた。若い、中学生ぐらいの男だった」と警察に話したらしい。事件の日の夜、どこにいたのかと丘先生に聞かれた、と男子は言った。

「覚えておらんし、だいたい、あんなところに、夜、行くわけないじゃろ」と口々に言う。

気持ち悪いね、だれが犯人なんじゃろう、という話でもちきりになったが、一人だけ戻ってきていない男子がいた。

湯本くんだった。湯本くんはひょうきんで、いつも冗談を言ってはみんなを笑わせていた。わたしも湯本くんとしょっちゅう喋《しゃべ》ってはげらげら笑っていた。ひょろっと痩せて、笑うとえくぼができる。やんちゃな男子ともうまく付き合える、そういう人だった。

なんで湯本くんだけ帰ってこないんだろう、とみなが心配しはじめ、それから、あいつ、もしかしたら疑われているんじゃないかと口にしはじめた頃、昼休みの終わりのチャイムが鳴った。しばらくして湯本くんは戻ってきた。いつもの笑顔はなく、だれの顔も見ないようにしてうつむいていた。

わたしのそばを通って自分の席に行く湯本くんの横顔を見ると、まつ毛に涙がたまっていた。

湯本くんが痴漢だなんて、ほかのだれよりもありえなかった。みんなわかってる。その湯本くんを泣くまで問い詰めたのか。担任のくせに、生徒を見る目がないのか。ばかじゃないのか。むらむらと腹が立ってきた。

丘先生は美術の先生だった。ベレー帽をかぶり、画家が着るようなスモックを着ていたりした。フランスに行っていたことがあるそうで、パリの街の風景画などを描いていた。わたしはほかの教師とはちょっとちがうんだよ、という雰囲気をどことなく纏《まと》わせている割には、ホームルームのときにはあたりさわりのないことをぼそぼそと話す。

わたしはその日を境に丘を無視するようになった。べつに湯本くんが好きだったわけでもないのに。正義感から、というより、性的な臭いがすることへの嫌悪感がそうさせたのかもしれない。そういう年頃だったのだと思う。

それからは、丘とは目を合わせないようにし、ホームルームのときは窓の外を見ていた。丘に何か尋ねられても、「はい」か「いいえ」ぐらいしか答えなかった。

友だちは、高校受験のときの内申書に書かれるよ、と心配してくれたけれど、わたしは意地を通して、卒業するまで丘と口をきかなかった。その間、ずっと丘を憎みつづけていたかというと、初めは、絶対許さん、と確かに腹を立てていたけれど、口をきかないと決めてからは、丘のほうも鋭い目つきでわたしを見るようになって、そうなるとますます意地になって、話してたまるもんか、と、さらに気持ちを固めた。湯本くんなんてもはや関係なく、自分とのたたかい状態に陥っていた。

通知表に「協調性がありません。いまのままではいい人間関係が作れません」と丘は書いていた。それを見た母は「ほらみてごらん、先生はよう見ちょってじゃ」と、学校でのことも、事件のことも、わたしのたたかいなどももちろん知らず、納得していた。結局、痴漢がだれだったのか、犯人は見つかったのか、わたしたちには知らされなかった。

一年の二学期に転校してきた加代ちゃんと仲良くなったのは、加代ちゃんがバレーボール部に入ってきてからだ。

東京オリンピックをまぢかに控えて、世の中は女子バレーボール熱が高まっていた。それで「東洋の魔女」と呼ばれたニチボー貝塚の選手にあこがれて、中学校でも女子バレーボール部が圧倒的に人気があったかというと、それほどでもなかった。それでもわたしたちはニチボー貝塚の選手の真似をして、そっくりの運動着の上に着るカバーを親に縫ってもらい、おなじ膝当てを付けて、でもニチボー貝塚の選手とはちがって野外のコートで、回転レシーブをやっては足を擦りむいた。広いグラウンドの端っこのバレーコートで、鼻歌を歌いながらサーブの練習をしたり、パスの練習をした。裏山に走って登り、たまにうさぎ跳びでグラウンドを一周した。怖い顧問の先生が病気がちであんまり練習に出てこなかったこともあって、楽しい日々だった。

加代ちゃんははきはき明るくて、すっくと立っているような人だった。わたしのお喋《しゃべ》りをじっと聞いてくれ、「うーん、そうでもないんじゃないのかなあ」と冷静な言葉を返す。かと思うと、とんでもない冗談を言ったりもする。クラブが終わったあとの帰り道を、いつも二人で笑い転げながら歩いた。加代ちゃんはものごとに動じない人に見えた。加代ちゃんといると、自分の気持ちまで落ち着くような気がした。加代ちゃんは、わたしとおなじようにテレビもよく見ているようなのに、成績はトップクラスなのだった。なのに、そんなことはなんでもないことのような顔をしている。あの頃はわかっていなかったが、加代ちゃんは繊細な人だったのだ。ほんとうに繊細な人は強い。加代ちゃんのその強さに、その後も、いまに至るまで、わたしは何度も助けられた。

加代ちゃんの家に遊びに行くと、加代ちゃんに顔が似ているお母さんがいて、はきはきした声で挨拶をしてくれる。家はいつ行ってもきれいに整っている。玄関も部屋も、どこもかしこもきちんとしていて、うちみたいにあちこちに紙束やアイロンやソックスや眼鏡などが散らばっていない。加代ちゃんの机の上もすっきりきれいだ。すごいねえ、と畳に寝転がって天井を見ると、天井に大きい紙が貼ってあり、英単語がびっしり書いてあった。あ、と思った。加代ちゃん、やっぱりものすごく勉強してるんじゃないか。すごいねえ、と溜息《ためいき》をつくと、「べつになんてことないよ。あれはお姉ちゃんのだから」と加代ちゃんは笑った。

ただ、お互いにどうしても譲れないことが一つあった。加代ちゃんは舟木一夫のファンで、わたしはビートルズのファンだった。

わたしは小学生の時から、兄がラジオで洋楽を聴いていたせいもあって洋楽好きで、コニー・フランシスや、ポール・アンカ、デル・シャノン、エルヴィスなどを聴いていた。そしてある日突然、ビートルズに出会ったのだ。毎週聴いていたラジオの音楽番組、小島正雄の「９５００万人のポピュラーリクエスト」で、初めてビートルズを聴いたとたん、ビートルズの熱烈なファンとなった。

ミカエル・ニエミの『**世界の果てのビートルズ**』は書名を見たとたん、読まずにはいられなかった。わたしのことが書いてあるような気がして。

主人公「ぼく」が暮らしている村の感じと、わたしが生まれた村の暮らしぶりは、たしかにちょっと似ている。

ぼくが暮らすパヤラ村はスウェーデンの北端、フィンランドとの国境付近にある。とても貧しくて、冬は長く氷に閉ざされてしまうだけでなく、さまざまな因習や独特の信仰、独特の言語によっても閉ざされているらしい。時代は一九六〇年代の初め。

わたしの暮らした村には独特の信仰や独特の言語などはなかったが、戦争が終わってまだ数年しかたっていなくて、貧しかった。でも、それをあたりまえのように思っていた。新しい服などめったに買ってもらえなかったし、おやつといっても普段はふかし芋ぐらいだった。

牛乳店に勤めていたのんちゃんのお父さんが、ときどきアルミの弁当箱に白いおからのようなものを詰めて持って帰ることがあった。それをうちにも分けてくださり、母は「栄養があるんじゃから」と、醬油《しょうゆ》をかけて食べさせた。母も、もしかしたらのんちゃんのお父さんも知っていなかったのかもしれないが、あれはカッテージチーズだった。

ぼくは毎日、近所の「ニイラ」と遊んでいる。ニイラは、子供にお喋《しゃべ》りを禁じている無口な母と、すぐに子供を殴りつける父に育てられているからか、五歳になっても一言も喋らなかった。

ぼくはなんとかしてニイラに言葉を教えようとするのだが、なかなか上手くいかない。困っていると、ある日突然、ニイラの口から言葉が出てくる。その言葉はぼくが聞いたこともない言葉だったのだが、やがてぼくもニイラの言葉で話すようになり、二人だけに通じる言葉で毎日遊ぶ。

そしてあるとき、パヤラ村にアフリカからやって来た牧師が、何語で話しても通じない会衆に向かって最後にエスペラント語で話しかけると、一人ニイラだけが反応した。そこで初めて、ぼくはニイラが話していたのはエスペラント語だったことを知る。ニイラは、ぼくの母が一日じゅうかけっぱなしにしていたラジオから、一人でその言葉を学んでいたのだ。

そんな閉ざされた関係だったぼくとニイラが小学生になったとき、二人を驚愕《きょうがく》させる出来事が起きる。使ってはいけないと姉に禁じられていたポータブル・プレイヤーで、アメリカの従弟がお土産にくれたレコードをこっそり聴いたのだ。そして衝撃を受ける。「ロックンロール・ミュージック」。初めて聴いたビートルズだった。

全身の血が勢いよく心臓に流れこみ、内臓のように赤いかたまりになった――そして突然すべてが反転して、流れは猛烈な勢いで指やつま先に向かい、ほとばしる血流が体の末端に達し、ぼくらはぽかんと口を開け、魚のタラのように目を見開いた。

わたしもおなじようにビートルズに出会った。スウェーデンの小さな村でビートルズが熱狂的に愛されたのとおなじように、その地から遠く離れたアジアの、その端に小さく伸びている日本列島の、本州と呼ばれる島の、西端の山口県の、山に囲まれた世界の果ての小さな盆地でも、ビートルズは熱狂的に聴かれていたのだ。わたしが小遣いを貯めて初めて買ったレコードも「ロックンロール・ミュージック」だった。

だけど、ニエミの描くぼくの物語と、わたしの体験が似ているのはここまでだった。

このあと、ぼくたちはロックにとり憑《つ》かれてバンドを組む。板にゴム紐《ひも》を張ってギターにし、それに飽き足りなくなると、本物のギターを手に入れるためにネズミ殺しのアルバイトもする。ジミ・ヘンドリックス調のギターを弾く少年も加わり、酒にめっぽう強い少年をドラマーにして、ビートルズとおなじ四人組のバンドを結成する。そして少年たちは、いつかここを出ていきたいと願うようになる。

おなじ学年でビートルズファンは、わたしを入れて、バレーボール部の河村さんと、三年になって千葉県から転校してきた中根さんの三人だけだった。男子のことははっきりしないが、同学年にはいなかったと思う。

河村さんとは練習のときにペアを組んでいて、毎日パスの練習をしたり、サーブの練習をした。きれいな顔立ちの河村さんは控えめで、やさしくて、くすくす笑うような人だった。パスをしながら「ビートルズの『涙の乗車券』って、いいよねえ」と言うと、河村さんは「いいよねえ」とにっこり笑う。それだけで胸がほかほかする。「ぜったい、いいよね」「うん」。それだけ。それだけでお互い嬉《うれ》しい。

駅通り商店街で、買い物をしている河村さんとお母さんに会ったことがある。若いお母さんも美しい人で二人は腕を組んで歩いていた。おお、とわたしは驚いた。わたしと母が腕を組む、などということは考えられなかったから。世の中にはこのような母娘が現実にいるのか、と思った。

河村さんの家には何度もビートルズのレコードを聴きに行った。河村さんがビートルズファンになったのは二歳上の、やはりきれいな顔立ちのお兄さんの影響らしかった。お兄さんはビートルズのシングル盤を何枚も持っていた。畳にお兄さんのポータブル・プレイヤーを置いて、「キャント・バイ・ミー・ラブ」や「抱きしめたい」や「涙の乗車券」をかける。何度もかける。わたしたちはまわりつづけるレコード盤をじっと見つめ、黙って聴いた。ビートルズはすごい。ほんとすごいよ。頭はどんどん熱くなり、胸のなかで血がぐるぐるまわる。きっと河村さんもおなじように感じているはずだった。ビートルズはわたしたちだけのものだった。

もう一人のファンであるらしい中根さんとはあまり話をしなかった。中根さんがどうしてこの町に遠い千葉県から転校してきたのか、中根さんがどこに住んでいるのか、いつまでたってもよくわからなかった。「ビートルズ、好きなんだよね」と話しかければ、うなずくけれど、なんとなくそれ以上聞けない。東京にはファンがいっぱいいるんだよね、と聞きたい。東京のファンってどんな感じなのか、と聞きたい。千葉は東京ではないのに、東京と一緒くたにして聞きたかったのに、聞けなかった。何かを隠しているように見えた中根さんとは一年間だけ一緒だった。そのあとしばらくして、またどこかへ行ってしまったらしい。たぶん東京のほうへ。

バレーボール部にはほかに、幼友だちののんちゃんや、人形ごっこで遊んだよっちゃん、みんなから信頼されてるスーパーいしむらのあっちゃんもいた。あっちゃんはキャプテンで、だれにでもやさしく、いい人だった。わたしは高校を卒業したあと、ディーゼルで通勤していたとき、帰りにときどきあっちゃんの家に寄った。短大を卒業して実家のスーパーマーケットの仕事を手伝うようになっていたあっちゃんと夜遅くまで話し込んだ。年取ったいまに至るまで、あっちゃんはずっといい人で、そんな人はめったにいない。

試合には勝ったり負けたりした。毎日、ばかみたいなことを喋《しゃべ》っては笑い転げているだけの、大したことなど起きてはいない日々を、いろんなことが起きつづける毎日として生きていた。

なんてことない中学生のなんてことない日々は、でもぜんぜんなんてことないことはない、ということが**『エヴリシング・フロウズ』**（津村記久子）には書かれている。

主人公の「ヒロシ」と同級生たちの中学三年の一年間の日々である。結構大変な出来事もあるのだが、それがあくまでも日々の暮らしのあれこれに埋もれるように地続きに描かれている。そのあれこれは、こんなふうに描かれなかったら掬《すく》いとることのできないような些事《さじ》といえば些事なのだけれど、でも、それを些事と言ってしまったら、人生の大切なことまで些事になってしまいそうなあれこれだ。

ヒロシは前の席に座る背の高い「ヤザワ」となんとなく話すようになる。女子ソフトボール部の「野末」はかすかに気になっており、野末の友だちの「大土居」や「増田」とも、いつのまにかゆるい繫《つな》がりができる。

ヒロシの両親はヒロシが小学三年のときに、父の度重なる浮気が原因で離婚し、ヒロシは母の実家で祖父母と四人で暮らしている。その日々が淡々と、こまごまと描かれる。

ヒロシは塾に通っているのだが、美術科のある高校に行きたいと母には言えないでいる。小学生のときには好きだった絵がいまでもほんとうに好きなのかどうか自分でわからないからだ。

母から、おなじ職場の男性との再婚を考えていると聞かされたあと、その男性らしい人物が若い女性とデートしているのを目撃してしまい、だけどもそのことを母には言えなくて、悩む。そんな折、学校の授業中に、再婚していた父が亡くなったことが知らされる。通夜に出るつもりで家に帰ると、母に「来んでええから」と言われる。そして母は、晩ごはんに、おじいちゃんとおばあちゃんの弁当を買ってくるようにヒロシに言いつける。ごみは分別して、割り箸は使わないのなら貰《もら》うな、などとこまごま指示をする。

ヒロシは塾に電話をかけ、講師に、父親が死んだので休みます、と言うと、講師は「大変やなあ」「しっかりして、お母さんを支えたれよ」と強い声で返す。するとヒロシは学校の担任がおなじ反応をしたことを思い起こして、生徒の親が亡くなったときの教師の振る舞い、というものについて考えを巡らしつつ、屋根と窓を打ちつける雨音を目をつむってぼんやり聴く。すると突然「絵を描きたい」という思いがわき起こるのだが、すぐまた「何を?」と自問して、横になっていたい、とも思うのだ。

大きい出来事と小さい出来事はいつもからまり合っている。濃い時間と淡い時間もごちゃごちゃと入り混じっている。考えることとすることは繋《つな》がっているようでばらばらだったりする。というようなことがつぶやきのような言葉と共に描き出されている。

再び、自分の考えていることは他人にばれていて、他人の考えていることは自分にはよくわからない、という思いに囚われ、不満に思う。どいつもこいつも隠し事がうまいのか、それともヒロシに隠し事がなさすぎるのか。そのことは何か、自分が深みのない人間であるかのような錯覚をヒロシにもたらす。

ごちゃごちゃと考えながら自宅に帰り着き、気が付いたら一切宿題をする気をなくしていることに思い至り、それを大土居や、果てはヤザワのせいにできないものかと思案した。

出会おうとして出会ったわけでもないクラスメイトたちはそれぞれ、目立たない形でさまざまなものをヒロシにもたらす。週末ごとに関東に行っていたヤザワは全国レースで四位になる実力のある自転車選手であったことがわかり、大土居は、義父が妹に触っているらしいと悩んでいる。そして野末の発案で、大土居の義父と妹を二人きりにさせないために、文化祭の展示物作りを大土居の家でしようということになる。そこにヒロシもヤザワも参加する。

ヤザワが襲われたり、ほかにもいろんな出来事が起きる。そのたびに途方に暮れながら、そのときどきでヒロシは自分にできることをする。殴られているヤザワを助けようとしたし、大土居が妹を連れて深夜のコンビニにいるのを見かけたときは、二人を家に連れ帰った。それでもやっぱりヒロシの毎日には成績のことや、塾や、進路のことがついてまわり、そして空腹にしょっちゅう悩まされてもおり、昼寝もする。

生きている日々を名付けることなんてできない。相手のことがよくわからないとしても、自分の弱さも愚かさもわかっていないとしても、お互いに意図していなくても、気がつけば影響を受けたり、与えていたりする。それぞれが変化しつづけているのだから、この思いはあのときの思いとおなじではないし、おそらく相手もあのときの相手のままじゃない。

それでもつながっていられたら、それは、とてつもなくめでたいことなんだと思う。

10

脱線

おなじ中学から商業高校へ進学した女子は三人だった。

入学して間もなく、廊下を歩いていると上級生（たぶん三年生）二人に呼び止められた。「おいで」と言う。ついていくと、下駄箱のところに連れていかれ、「膝が」と言う。上級生はわたしのスカートの裾を睨《にら》んでいる。「見えちょる」

え。と、どぎまぎする。

「あんた、スカートの丈が短すぎる。生意気なことをするんじゃないよ。明日、長くしておいで」

「はい」

二人は怖い顔をして「わかったんなら、もう行っていい」と言い残し、わたしの前からいなくなった。

入学する前に学校に来て、制服のサイズを測ってもらった。そのとき、「もうちょっと短くしてください」と、洋服屋のおじさんに頼んだ。「もうちょっと」、「もうちょっと」と。

「これ以上はだめじゃ。叱られるぞ」と、そのときおじさんは言ったが、それはこういうことだったのかもしれない。

商業高校へ進学したのは、そうすることになっていたからだった。中二の頃には進路は決まっていた。兄は工業高校に通っていて、卒業後は地元企業に就職することになってい
た。男の兄がそうするんだから、女のわたしは当然、商業高校へ進み就職する。自然にそうなっていた。就職には普通高校より職業高校のほうが有利、とあの頃は考えられていたし、中学を出て就職する人もかなりいたので、そういう進路をあたりまえだと思っていた。うちは片親だし。あの頃、片親という言葉は子供に対してかなり力を持っていた。「苦労した母を子供が助けるのはあたりまえ」と。とても正しい言葉なのだった。その正しい言

葉はいまもたぶん力を失っていない。

母は「勉強はやる気さえあればどこででもできる」と、本気で考えての言葉とも思えないようなことを言い、大学のことなど何も知らないわたしも、そういうものかもしれん、と思った。母はわたしが「こうしたい」ということにはほとんどすべて反対していたので、わたしが大学に行きたいと言ったところで、あっさり却下したと思う。

その頃になると、わたしと母はお互いにできるだけぶつからないようにしようと、おなじテレビを見て笑ったり、羊羹《ようかん》を食べておいしいねえと言い合ったりしていたのだが、でも、やっぱりちょっとしたことから衝突してしまう。わたしは怒り、母は嘆く。その繰り返しだった。

中三の十二月か一月だった。胸が苦しいような気がすると言って一週間ほど寝込んでいた母が、夜、突然発作を起こした。「息ができない」と苦しみはじめた。

往診してくれた吉見先生ではない近所の医者が血圧を測り、注射をすると、荒い息は少しずつ治まった。「軽い狭心症ですね。しばらく安静にしていたほうがいいですね」と言い置いて、医者は帰っていった。

それから、そのあと十か月ほど母は布団に臥《ふ》したままとなった。はじめのうち、医者は毎日往診してくれたけれど、やがて一日おきになり、三日おきになり、一週間おきになって、「そろそろ起きてもいいでしょう。まあ、これは更年期障害の一つくらいに考えてええです」と言った。でも母は発作を怖れて起きなかった。

家事は当然わたしがやることになった。それに不満はなかったけれど、とにかく母は布団のなかからあれこれ指図し、不満を言いつづけるのだ。ごはんを運んでいけば、醤油《しょうゆ》を入れ過ぎてる、こんなに菜っ葉をくたくたに煮ちゃおいしくない、ごはんの水加減をまちがってる、と言う。そして「やれやれ、思いやりがないねえ」と溜息《ためいき》をつく。優しさが足りない、気遣いが足りない、と。弱々しい声で言う。

母は娘時代にあの強い「おかさん」を看病したとき、おかさんからおなじように叱られていたのかもしれない。気が利かない、思いやりがない、と。

やがて母はまた元どおりの生活ができるようになったが、そのあとずっと病気を怖れつづけた。わたしが母に反抗などすると、「ああ、血圧が上がってきた。胸が苦しい」と布団に倒れ込むようになった。「おまえがわたしの寿命を縮める。わたしは長くは生きられん」と言った。そう言われると、返す言葉がなかった。母はでも、九十四歳まで生きた。

商業高校に入ったものの、商業科目をどうしても好きになれなかった。好きじゃないので、わからない。授業を受けているときにはわかった気になっているのに、つぎの授業になると、あれ、これはどういう意味だっけ、とぜんぜん頭に残っていない。簿記の授業で教わる「資本金」だの「借入れ」だの「貸借対照表」だの、意味がわからない。えーと、と思いながら、頭はほかのことを考えはじめている。

それでも、朝、西岩国駅に降りて高校までの道をぶらぶら歩くのは好きだった。毎朝、おなじディーゼルに乗る玖珂《くが》中出身の三人で、冗談を言いながら歩いていく。その道だけしか知らない岩国の町が大きく広がっている気がする。

ある朝、いつもより早く、二人で（わたしたちは週番だったのかもしれない）道を歩いて横断歩道まで行くと、横断歩道のまんなかあたりに白い大きな犬が横たわっていた。近づくと、車にはねられたらしく死んでいるのがわかった。その犬には見覚えがあった。すぐ近くの写真店の犬だ。わたしと友だちは、このままにしておくとまた車に轢《ひ》かれる、と、重い犬を引きずって道端に寄せた。それから、まだカーテンが閉まっている写真店に行って、大声で呼んだ。怪訝《けげん》そうな顔で出てきたおばさんに、お宅の犬が、と、犬を指さした。その人があわてて犬に走り寄るのを見て、わたしたちは学校へ行った。

週はじめの全校朝礼で、校長が「写真店の方がお礼に来られました。優しい生徒さんにお礼を言ってほしい、とのことです」と話した。

あ、と、わたしと友だちは顔を見合わせた。高校三年間で、直接にではなかったにしろ、先生に褒められたのはたぶんこのときだけだ。

体育の時間に学校で決められた体操服を着たくなくて、その頃流行《はや》っていたボタンダウンのシャツを着ていたら、先生から「体操服はどうした」と聞かれた。わたしは「洗濯していています」と嘘《うそ》をついた。

つぎの週もボタンダウンのシャツを着て、また「洗濯中です」と答えると、「ばかを言え。嘘をついてることは先週からわかってたんだ。ゴミ焼却炉の前に昼休みのあいだじゅう正座してろ。職員室から見てるからな」と命じられた。昼休み、生徒たちが遊んでいるグラウンドの端っこのゴミ焼却炉前の地べたにわたしは正座していた。四十分間。こういうのって人生の無駄遣いじゃないのか、あーあ、と思いながら空を見ていた。

三年の最後の授業のとき、「このクラスはほんとにいいクラスだったよな、岩瀬さえいなければ」と、ちがう先生から言われた。「岩瀬はよけいなことを言っちゃあ授業を妨害したからな」と。

ずっと学校の空気になじめないままだった。どうやって折り合いをつければいいかもわからなかった。その頃、また本を読むようになっていて、図書室にはよく行った。

行っているうちに、図書室でいつも見かける滝本さんと話すようになった。おなじクラスになったことのない滝本さんは、わたしとは比べものにならないほどたくさんの本を読んでいた。わたしが本を借りようとすると、何を借りるの、と聞いてくる。太宰治、と答えると、ふふん、と鼻を鳴らす。

「やっぱりね、岩瀬さんはそういうタイプだよね」などと、かすかに笑う。フォークナーとか、大江健三郎とか、かと思うと宮沢賢治の話を滝本さんはする。「生きてる意味なんてさあ、結局ないんじゃないの」などとも言う。

滝本さんには女の子っぽいところがまるでなかった。髪の毛はぼさぼさだし、スカートは折り目が消えている。衿元のリボンはほどけかけている。「見てくれなんて、結局見てくれ以上のもんじゃないしね」と言う。

二人で校舎の壁にもたれて話しているとき、どういう話からか家族の話になった。滝本さんは、小学生のときに母親が自殺したんだ、と話した。

「子供が見るかもしれないのに、家のなかで首を吊《つ》ったんだよ。大ばかだ」と吐き捨てるように言った。「怖いのはね、わたしにもそういう血が流れているかもしれないんだよね」

わたしは、足元のコンクリートに当たっている四角い陽差しを見つめていた。どんな言葉も返せなかった。

「親なんてね、信じちゃだめよ」

そう言った滝本さんの顔は見られなくて、黙ってうなずいた。

滝本さんも学校になじめていないようだった。わたしたちが図書室以外の場所で話したのはあのときだけだったと思う。廊下ですれ違うことがあっても話はしなかった。

『蹴りたい背中』（綿矢りさ）の高校一年の「私」は、同級生の女子たちに違和感を抱いている。それは中学生のときから始まっていた。

私は、余り者も嫌だけど、グループはもっと嫌だ。できた瞬間から繕わなければいけない、不毛なものだから。中学生の頃、話に詰まって目を泳がせて、つまらない話題にしがみついて、そしてなんとか盛り上げようと、けたたましく笑い声をあげている時なんかは、授業の中休みの十分間が永遠にも思えた。

乾いた目で中学時代を振り返る私は、クラスにもう一人、似たような人間がいることに気づく。授業中、人目もはばからず女性ファッション誌に見入っている男子「にな川」。その態度に「負けたな」と思いつつ、雑誌のモデルに見覚えがあって「この人に会ったことがある」と告げると、にな川から「今日授業終わったら来て」と、家に誘われる。誘われるままについていくと、にな川は古い家の奥の狭い一室に私を招き入れる。古簞《だん》笥《す》や学習机のほかに冷蔵庫まである。にな川は「着替えてもいい？」と尋ね、すぐにブレザーを脱ぎはじめる。わたしは怖くなるのだが、にな川はよれよれの普段着に着替えると、「オリチャンに出会った場所の地図」を描いてくれと、メモ用紙とボールペンを差し出す。それが、にな川が自分の家に私を誘った理由だったのだ。

オリチャンとは、にな川が熱心に眺めていたファッション誌に載っているモデルの名で、にな川は、自分はオリチャンの熱烈なファンであると言い、「彼女と出会えた人間に会えるなんて、ほんと、運命的って感じがする。オリチャンとおれ」と私に言う。

オリチャンのことで頭を一杯にしているにな川と、余り者になりつつある私の淋《さび》しさはどこか似ている。均質を求められる学校で、過剰に適応しようとするのでも、反抗するのでも、ドロップアウトするのでもなく、どうしようもない違和感を覚えたままそこに居つづけようとすると、にな川のように背中を丸めて自分の内側だけを見つめるか、私のように乾いた目で周囲を見つめる人になるしかないのかもしれない。

高三の六月ごろ、大手石油会社の採用試験を受けた。県内一の工業都市に巨大な精製工場があって、試験はそこのビルの一室で行われた。おなじ高校から受験した人はいなくて、知らない高校生が四、五十人来ていた。筆記試験が終わると、午後、面接試験があった。

順番が来て、わたしもほかの女子高生三、四人と面接室に入った。長テーブルに男の面接官が三人座っている。

質問が始まり、特技や、趣味や、得意科目や、家族のことを聞かれた。わたしには特技も、趣味らしい趣味も、得意な科目もないのだった。正直にそう答えた。ほかの人は「刺《し》繍《しゅう》」だの、「登山」だの、「読書」だの、「古典」などと答えている。

「尊敬する人は?」と、まんなかの面接官が問うた。「ナイチンゲール」とか、「野口英世」とか、「シュバイツァー」などと、ほかの人はすらすら答える。うわあ、と思った。なんでそんな人の名を平気で言っちゃうかなあ。

わたしの番が来たので「尊敬する人は特にいません」と答えた。尊敬、という言葉の意味を考えたあげくの正直な返答だった。

すると、まんなかの面接官が「きみね、その目にかぶさってる前髪を上げてごらん」とわたしに言った。わたしは手で前髪を掻《か》きあげた。きっとむっとしていたにちがいない。「ふん」と鼻で笑って、その男は言った。「きみは、うちの会社に入ったら労働組合を作りそうな顔をしとるな」

その会社は労働組合がないことでも有名だった。わたしはもちろん何も言い返せず、ただ屈辱にまみれていた。

帰り道、一人駅に向かいながら、落ちたな、と確信した。あわよくばこの試験に受かったら、とじつは考えていたのだ。あとは楽して残りの学校生活が送れる、と。

そしてもちろん、試験に落ちた。筆記試験の結果も良くなかったのかもしれないが、あの「きみはうちにはいらない」という男の目が忘れられなかった。前髪なんか、言われるままに上げるんじゃなかった。自分が情けなかった。

たしかに、あの会社に入っていたとしても、たぶん長くは続かなかったと思う。あの男の、人を見る目はたぶん正しかった。わたしは一つの職場に長く勤めることができないのだ。どうしてか、できない。

高校卒業後に勤めた玖珂《くが》町役場も長くつづかなかった。

役場はうちから徒歩三分だし、いちおう公務員ではあるし、母も喜んでいた。家から通える範囲に勤める、というのが母の就職に際しての条件でもあったから。

わたしには母が夢見ていることがわかっていた。役場で働く娘がそのうち岩国あたりの、できれば大きい会社に勤めるやさしい男と結婚して町内に住んでくれれば、孫の顔も見られるし、自分のことも気にかけてくれるにちがいない。言われたわけではなかったが、わたしにはわかっていた。

母の描くそんな未来を考えてみようとすると、気が滅入《めい》った。なぜ気が滅入るのか考えようとすると、さらに気が滅入った。

気が滅入っていたからというわけではなくて、それに役場の人たちはみんな親切で、居心地もよかったのに、二年ほどで辞めてしまった。どういうわけか、毎朝おんなじ職場に通っているうちに、いったい自分はここにいつまでいるんだろう、という思いがわいてくる。いなきゃいけないんだろうか、と。年取るまで、ずっとだろうか。ずっとこれをつづけるのはたまらないなあという気持ちになってくる。その気持ちにだんだん抗《あらが》えなくなって、すると朝起きるのも辛くなって、あー、もう嫌だ、辞めたい、と思う。で、辞める。


小さな広告代理店でも働いた。山口放送という放送局のテレビ広告を作る会社で、制作と営業と経理が一つ部屋にあった。わたしは広告文を作ったり、できたテロップを放送局に届けたり、お客が来ればお茶を出し、トイレ掃除をした。空色のセリカに乗る専務が「ぼくたちの仕事は新しいクリエイティブな仕事だから、きみたち自身、できるだけおしゃれな格好をしてください」と言ったので驚いた。そんなことを言われてもなあ、と。給料、そんなに貰《もら》ってないし。

制作に、わたしとおない年の吉村芳生《よしお》さんがいた。彼は髪はマッシュルームカット、VANの服を着て、車は赤のフォルクスワーゲン。おしゃれだった。そして退社時間を守って、さっさと帰っていく。

わたしが二年後に会社を辞めたすぐあとに彼も辞め、上京して美術の学校に進んだらしかった。そして、三十過ぎて再会したときには細密なドローイング画家となっていた。そのあと賞をいくつも貰《もら》い、フランスに留学し、展覧会をあちこちで開いて注目された。そして六十三歳で亡くなってしまった。

その広告会社がある街までは、玖珂《くが》からディーゼルで五十分くらいかかった。家から通えるぎりぎりの距離だった。役場を辞めたあと、ほんとうは広島に働き口を見つけたかったのだが（そっちのほうが、もっといろんな働き口があると思ったのだ）、いつものように母に頑迷に反対された。「絶対いけない」と。

朝、その街の駅に着くのは八時二十分ぐらいで、九時の始業時間まで間がある。会社が入っているビルの一階のブラジルという喫茶店でよく時間をつぶした。ブラジルには漫画雑誌が揃《そろ》っていたから。『少年サンデー』発売日の翌日には必ず寄った。赤塚不二夫の「レッツラゴン」を読みたくて。

その頃、「レッツラゴン」は凄《すさ》まじさを増していた。ギャグを通り超して、漫画の決まりごとみたいなものまで壊しはじめていた。「今週は左手で描いてみました」という週もあれば、担当編集者の悪口だけを描いた週もある。その時間帯にブラジルに来るのはほとんどサラリーマンで、たいていモーニングサービスを注文していた。わたしは、どんなことがあっても朝ごはんは家で食べるので、コーヒーを頼み、隅のテーブルで漫画を読みながら、うひひと笑った。読み終えるとちょっと元気が出て、その勢いで会社に行った。

赤塚不二夫は高校生のときに『おそ松くん』を読んで以来、『天才バカボン』『ひみつのアッコちゃん』『もーれつア太郎』と読んでいた。おはなしの筋はあるようでなくて、外へ外へとずれて、まとまりそうになるとひっくり返す。学校も会社も出てこないし、家庭すらほとんど家庭ではなくて、破れ方がすごい。

二宮由紀子の「あいうえおパラダイス」シリーズを読んだとき、あ、このおかしさ、この破壊力、と考えて、最初に頭に浮かんだのは赤塚不二夫だった。ほんとうはマザーグースを先に思い浮かべるべきだったのだが。

何かを壊しながら、何かを生みだしているこの感じ。体のなかに新しい水が流れ込んできて、パキパキと目の前の世界にひびが入るのを見ているような喜び。『あるひ　あひるが　あるいていると』から始まり、『からすと　かばの　かいすいよく』とつづき、最後の『らった　らった　らくだの　らっぱ』までを読み終えたときには、笑いを巻き起こしながら平気で常識を破壊していく力に恐ろしさを感じた。言葉にこびりついているイメージャ干からびた意味をさあっとはたき落としてしまう。

その朝　そば屋が　そうじしてると、
「そば屋！　そば屋！　そば屋は　そこか？」
「そうぞうしいなあ、早朝から。その声は　そうめん屋だな」
「そうめん屋じゃない、そうめん会社の　総務部長だってば！」
そうめん会社の　総務部長は　総務部長には　そぐわない
空色に　染めた　ソフトモヒカン頭です。

（「そうめん会社の　総務部長」『**さかさやまの　さくらでんせつ**』所収）

あるようでありえないイメージが頭のなかにはじけ、笑いがこみ上げてくる。笑いながら、これってロックだよ、とも思う。つぎつぎに繰り出されてくる言葉はぐるぐると竜巻を作って、言葉の意味がひっくり返ったり、無化されてまとまらず、おかしな世界が高速でめくれていく。言葉が転がりながら息を吹き返していくのを見ているようだ。

同じく二宮の『**森のサクランボつみ大会**』でも、おはなしは世の中の決まりごととは反対方向へと進んでいく。

ハリネズミのプルプルが夕方、いとこのフルフルにドアをノックされて起こされる。そのあと、最後まで読んでいっても物事はまったく前に進まないのだ。

まずプルプルは、前日に「一緒にサクランボつみ大会」に行こうとフルフルと約束したことを忘れてしまっていて、「なんだって、こんなに　よるはやくから、ひとのこと、おこすんだよ」と文句を言う。それからしぶしぶ出かける用意を始めるのだが、顔を洗いかけるとシャワーのほうがいいと考え直し、それからやっぱりお風呂に入ったほうが気持ちいいよねと考え、そのためにはお風呂の掃除をしなくちゃ、というふうにどんどん後ろ向きにはなしが進んでいく。

「おはなしのなかでは出来事が起きるもんだ」という広く信じられている思い込みをあっさりひと跨《また》ぎする展開は、その前の**『うっかりウサギのう〜んと長かった1日』**ですでに起きていた。

たしかに冒頭で、ちょっとした出来事は起きている。「その朝、ウサギが目がさめると、かたほうの耳がなくなって」いた。だがそれからあと、一三六ページにわたってウサギはいいかげんな奴ら（カラス、モグラ、ネズミ、アリ、ムカデたち）からの無責任なアドバイスにただ振りまわされていく。読んでいると二宮由紀子の口笛が行間から聞こえてくる気がする。もの覚えがいいことなんてたいして意味あることでもないし、決まりきったものの見方で何かを考えたところで、面白いものが見つかるはずないよね、と言われている気がする。

親に反抗しながらうらぶれていたあの頃、本と、漫画と、ビートルズにすがって生き延びた気がする。希望らしい希望も抱けないまま、なんとか生きていた。あの頃に二宮由紀子を読めていたらなあ、と思う。きっと新しい力を貰《もら》っていた。

本を読んでいると、ときどき頭のなかで火花がぱちぱち散ったり、小さな竜巻が起きたりする。それが嬉《うれ》しくて本を読むのだけれど、それだけでなく、本はときどき杖《つえ》にもなってくれる。気づかないうちに支えられている。

11

そばの戦争

わたしが生まれたとき、戦争が終わって五年たっていた。たった五年なのに、わたしのまわりには戦争の跡どころか、どんな匂いも残っていなかった。村は爆撃を受けていなかったし、まわりに戦争に行った人もいなかった。いたのかもしれない。だとしても、その村に移り住んだばかりの家族に、そんな話をする人はいなかった。

お祭のときに、神社の鳥居の前に白装束姿の傷痍《しょうい》軍人が立っているのを見た。まっすぐ見てはいけない気がして、なぜだか怯《おび》える気持ちも湧いたのだが、その人たちがどういう人たちなのか、父も母も教えてくれなかった。

父は戦争に行かなかったけれど、長いあいだ朝鮮で暮らした。日本が侵略した国で。たぶん結構裕福に暮らしていたんじゃないかと思う。そういうことを戦争に結びつける頭がわたしにはぜんぜんなかった。それに大人たちは（たぶん国じゅうが）、急いで戦争を忘れようとしていたのだと思う。

少し大きくなって母から、原爆被爆者の姿を見た、という話を聞いた。新型爆弾が広島に落とされた二、三日あとに、山口駅に火傷《やけど》を負い、破れた服を着た人々が降り立つのを見た、と。それから、戦時中、下関に住んでいたときには空襲に遭ったという話も。逃げた山の上から町が焼けるのを見た、と言った。

その情景を想像しようとしたけれど、うまく思い浮かべられなかった。ただ漠然と恐ろしさだけは伝わってきた。それでわたしは「なんで、お母ちゃんは戦争に反対せんかったん」と聞いた。

「あの頃、戦争に反対する者なんかおらんかったよ。アカじゃと言われて特高《とっこう》に捕まるんよ」と母は言う。

「戦争に反対せんかったから、原爆を落とされたりしたんじゃろ。特攻《とっこう》で若い人がいっぱい死んだんじゃろ」とわたしは言い募る。わたしはすぐ言い募る。

やれやれ、と母は首を振った。

わたしはぜんぜんわかっていなかった。昔の大人は大ばかだと思っていただけだった。

そばに戦争が残っていることにも気がついていなかった。仲良しの民子ちゃんは在日朝鮮人だった。おなじクラスで家も近くて、毎日のように遊んでいた。民子ちゃんは朗らかで、運動が得意で、勉強もよくできた。四年生のある日、民子ちゃんが「朝鮮に帰ることになったんよ」と嬉《うれ》しそうに言った。え、どういうこと？　と聞くわたしに、朝鮮がどんなにすばらしい国か、家族みんな、朝鮮に帰ることを喜んでいる、と話してくれた。話を聞いても、帰るってどういうこと、とわたしは怪訝《けげん》な顔をしていたと思う。「また来る？」と聞くと、「うん、来るよ」とにこにこ笑っていた。

民子ちゃんの家族がいつ朝鮮から山口県に来たのか知らない。そして、それは戦争のせいで、ということも知らなかった。

民子ちゃんがいよいよ家族みんなで帰還船に乗って帰国する日が迫り、クラスのみんなに別れの挨拶をしに学校に来た。挨拶をすませて家に帰る民子ちゃんを二階の教室の窓からみんなで見送った。運動場を一人歩いていく民子ちゃんに、大声で「たみちゃーん、さよならあ」と何度も言った。笑顔でちらっと一度だけふり向いたあと、恥ずかしくなったのか、民子ちゃんはさらさらした茶色っぽい髪を揺らして走って帰っていった。

わたしの生まれるちょっと前にあった大戦争のことなどろくに考えもせず、わたしは大きくなった。あれは昔のばかな大人がやったことだ、ぐらいにしか思っていなかった。そのときにはすでに、生まれ育った玖珂《くが》町のすぐ隣の岩国市に大きいアメリカの軍事基地ができていたというのに、ずっと知らないでいた。その基地は朝鮮戦争のときには前線基地だったことも、もちろん知らない。

ぼくは、悪いことなんかしなかった。にいちゃんも悪くなかった。それなのに、ぼくらはこんなところへ、いれられてしまった。

『夕焼けの国』（今江祥智《よしとも》）は、少年刑務所の一室から始まる。このあとにつづくのは過酷といえばあまりに過酷な、自由への脱出の道筋である。これは敗戦直後の、わたしが生まれる四年ほど前の話だ。

刑務所のなかで、「ぼく」は「にいちゃん」とおなじ部屋に入れられている。にいちゃんといっても、二人は兄弟ではない。

にいちゃんは毎日のように取り調べを受けに連れていかれる。そのあいだ、一人残ったぼくは知っているかぎりの歌をうたってにいちゃんを待つ。そんな日がつづいたあと、にいちゃんが「じろっぺ、おれはここから出るでぇ」とぼくに言う。

窓の外には一筋の道が伸びてはいるものの、片側は崖で、もう片方は海だ。「海は波までこおり、がけはガラスのように光っている」。その道を逃げるには吹雪にまぎれるしかない、とにいちゃんは言い、二人は雪を待つ。

やがて雪が降りはじめる。そして吹雪となった朝、外での体操の途中に、にいちゃんとの取り決めどおり、ぼくは仮病のひきつけを起こす。そしてにいちゃんに運ばれた診察室で、わざとのように医師が席をはずしてくれた隙に、ぼくとにいちゃんは窓から逃げだし、脱獄する。

途中、どこからともなく現れた白い馬に乗って、二人は吹雪のなかを逃げつづける。そして峠を越えると、遠くに町が見えてくる。

けれど行く手を大きい川に阻まれ、しかたなくにいちゃんは馬から下りる。岸辺にはたしかに流氷が盛り上がっているものの、なかほどには青い水が流れているようだ。「ちょっと見てくる」と、ぼくから離れていったにいちゃんの姿が見えなくなり、心細くなったぼくが呼ぶと、「わっ」と叫び声がして、そのままにいちゃんは姿を消してしまうのだ。

一人になったぼくは、初めてにいちゃんに会った日のことを思い出す。

ぼくは、住んでいた町が空襲で焼かれ、家も家族も失ったことを疎開先で知らされた。焼け跡に戻って、たった一人で生きるしかなくなったぼくがにいちゃんと会ったのは、「やせてやせて、すわることもできず（すわると、しりの骨がいたかった）橋のところに立っていた」ときで、にいちゃんがぼくにパンを差し出してくれたのだ。

にいちゃんもまた、戦争で家族を失った子供だった。行動を共にするようになった二人はある日、兵隊帽をかぶった男におどされている女の子を助ける。そして、そのことから逆恨みを買い、いわれのない罪を着せられて警察に捕まり、あの極寒の少年刑務所へと送られた。

いま、一人になったぼくは馬に促されるようにしてその背に乗り、馬といっしょに川を越えようとする。

夕焼けが山のむこうから、まわりぜんたいをまっかにそめかえたのだ。むこう岸の町の灯が、ぽつんと目にはいる。ああ、遠いんだなあ、とだけ思う。

ぼくの、家族を失ったときの悲しみも、空腹の辛さも、にいちゃんと出会えたときの嬉《うれ》しさも、それだけでなく、疎開するまでの家族との時間も、その全部がだれにも語られないままとなった。

戦争でたくさんの子供が黙って死んでいった。第二次世界大戦で死んだ子供は世界で千三百万人にのぼる、と『**ボタン穴から見た戦争**』に、スヴェトラーナ・アレクシエーヴィチは書いている。この本は、戦争を奇跡的に生き延びたベラルーシの子供たちの証言を集めたものだ。戦後四十年近くたってから、かつて子供だった人たちにインタビューしているのだが、すでに中年から老年にさしかかっている人たちの心にある戦争の記憶は鮮明だ。子供のときに見た、幼い友だちが殺され、親が目の前で殺され、人々が木に吊《つ》るされた光景が目の奥に焼きついてしまっている。

子供のときに味わった苦しみや悲しみはいつまでも消えずに生きつづける。


ダニロ・キシュの「少年と犬」（『**若き日の哀しみ**』所収）の哀しみも大きい。

第二次世界大戦中のハンガリーで、ユダヤ人の父がナチスに連れ去られたあと、少年は母と姉と共に逃れるようにふるさとを離れて、いまは小さな村で暮らしている。農家の手伝いをしたり、母の手伝いをするなかで、一匹の犬と出会う。「ディンゴ」と名づけられたその犬が語る。

孤独と悲しみが僕たちの人生を結びつけた。少年の父を思う悲しみと僕の肉親を思う悲しみが、類似性にもとづくある種の友情をふたりのあいだに生み出した。

「僕（ディンゴ）」と少年は一緒に迷子の牛を追いかけたり、鴨《かも》や蛙《かえる》や蝶《ちょう》や蛇を捕まえたりする。少年は僕に話をしてくれたり、本を読んでくれたりもした。

ところが最近、少年がどこか悲しそうだと僕は気づく。僕に対して、よそよそしい態度を見せるようになったのだ。何か隠し事をしているのがわかる。じき、少年が旅に出ようとしているのを知る。別れが辛くならないように、少年があえて僕を避けているらしいことも知る。僕は哀しみのあまり病気になってしまう。

少年一家は父がユダヤ人だったために、住まいを移しながら生きてきた。そして父がアウシュビッツで殺されてしまったいま、母と姉と三人でまた別の土地へ移ることになったのだ。ディンゴは残していかざるを得なかった。

別れの日、少年は、くんくん鳴くディンゴを川べりの柳の木につなぎ、人々に別れを告げ、馬車に乗り込む。

そのあとにつづく章は、少年の、ディンゴの元の飼い主に宛てた手紙だ。

僕たちのあとを、ディンゴが駆けてきて、声を限りに鳴いているのです。僕たちもみんな、また泣きました。（略）ディンゴは、考えてもみてください、もうほとんど力がつきていました、だって、僕たちのあとを追ってチェストレグまで駆けてきたのです。

そのあと、ディンゴがどうしても止まらないので、これ以上走らせると死んでしまうと思い、少年は御者のおじさんに、ディンゴを鞭《むち》打って走れないようにしてくれ、と頼む。そうやって少年たちは汽車に乗り込むのだが、ずっと少年は泣きつづけていた。

戦争などで過酷な生活を強いられているとき、子供はきっと親の苦労がわかっている。子供なりに。そして耐えなきゃいけないと思って耐えている。耐えられないほど悲しいことでも、心を分かちあった犬を苦しめるとわかっていても、そうしなきゃいけないと思って、してしまう。そして、その哀しみはそのあとずっと消えずに残る。

現在わたしが暮らしている家からは、遠く海の手前にアメリカ海兵隊岩国航空基地の滑走路が見える。オスプレイの配備も決まっている。空は一日じゅう、訓練する最新鋭戦闘機の轟音《ごうおん》で覆われている。

岩国にアメリカ軍の基地がある、ということを知ったのは高校一年のときだった。

ビートルズ狂いとなっていたわたしは、映画『ビートルズがやって来る ヤァ！ヤァ！ヤァ！』を市内の映画館でやっているのを知って、何がなんでも観たい、と、友人と二人で出かけた。上映館のスバル座には行ったことがなかったが、市内だし、バスに乗れば行けるでしょ、と軽い気持ちで。初めていくところだったので、バスの窓から外の景色をずっと見ていた。すると橋を渡ったあたりから町の雰囲気ががらっと変わったことに気づいた。並んでいる店の看板がぜんぶ英語で書かれている。ほとんどが飲食店で、バーとか、スナックとか、そういう店ばかりだ。岩国にこんなところがあったのか、と驚いていると、友人が「ここへは来ちゃいけん、とおばあちゃんに前から言われちょった。だから、家のだれにも言わずに来たんよ」と言った。

バスから降りて歓楽街のなかほどにあるスバル座に着いたときには、こんなところに来てよかったのか、と後悔する気持ちが湧いたけれど、だからといってビートルズの映画だけはぜったい見逃せない。その気持ちのほうが強くて、こわごわながら映画館に入った。

スバル座までの道ですれちがった人たちも、客席を埋めている人たちも、ほとんどがアメリカ人だった。アメリカ人の若い男ばかり。みな体格良く、髪はおなじように短く刈っている。これほど大勢のアメリカ人の男を見るのは初めてだった。なんか怖い、と思いながら、とにかくスクリーンだけを見つめた。後ろから聞こえる笑い声や英語の会話に、背中を壁のように固くして。

二本立てを二回観て、外に出たときには暗くなっていた。英語のネオンがきらめき、派手なドレスの日本人のお姉さんたちも歩いている。軍服を着て、肩から銃を下げたアメリカの兵士も二、三人連れで歩いている。道ばたで煙草を吸いながら話しているアメリカ人の男もいる。ここは日本か、と思う。岩国か、と。

そこはアメリカ兵たちが夜になると遊ぶ町で、彼らは岩国に駐留するアメリカ海兵隊の兵士たちだった。

アメリカがベトナムで戦争をしていることは知っていた。テレビで毎日のように、アメリカ軍機が北ベトナムを爆撃するニュースは流されていた。もしかしてここにあるアメリカ軍の基地もベトナム戦争と関係があるんだろうか。ぼんやり考えたけれど、確信が持てなかった。

高校では文芸部に入っていた。本が好きだったので、なんとなく入ってみようかな、と思って入ってみたら、部員が少なすぎて辞めにくくなった。部員はぜんぶで六人くらいで、活動も地味だった。年に一度、『すずかけ』という文芸誌を発行する。それが主な活動で、あとは週一回集まって（全員集まることはめったになく）だらだらお喋《しゃべ》りしたり、原稿募集のポスターをどうするか相談したり、そのぐらい。あと、だれか部員になりそうな友だちを誘っておいでよ、と話し合ったりもするのだが、わかった、と答えたその人が、そのあと来なくなったりした。「今年のすずかけのテーマは何にするか」を決めるだけで二か月くらい費やした。

二年生のときだったか、三年で部長になって（三年はわたし一人しかいなかった）からだったか、わたしは、アメリカで大きい社会問題となっている公民権運動について、みんなで考えたらどうかな、と提案した。「今年の原稿募集のテーマはこれにしようよ、差別問題はみんなの問題だよ」と。なぜ、といま思う。どこで目にしたことだったんだろう。わたしがそのときアメリカの人種差別についてちゃんと考えていたとも思えない。こういう、大した知識もないのに浅はかな思いつきを口にしてしまうところは、人生を通してぜんぜん変わらない。ほかの部員は下級生で、帰宅部代わりに文芸部に入っているような、やる気があるのかどうかわからないようなメンバーが多かったので、わたしの提案は反対もなく可決されてしまった。

原稿募集のポスターを校内のあちこちに貼りだしたけれど、締め切り日が来ても、例年どおり原稿はほとんど集まらない。やっと届いた原稿も、これも例年どおりほとんどが詩や童話のようなものや、短いエッセイのようなもので、公民権運動について書かれたものは皆無だった。あたりまえといえば、あたりまえなのだった。

「じゃあ、岩瀬さん、あなたが書かなきゃね、責任を取って。でも一つだけじゃ特集にならないから、せめて二つ。あと、村本くんに一つ書いてもらいましょうか。村本くんは、書けたら、でいいけどね」と顧問の現代国語の先生は優しく言った。村本くんは一年生で、とても真面目な感じの人で、先生の言葉にびくっとはしたけれど、断わりはしなかった。

わたしは公民権運動について何を書いたのだろう。何か、書いた。書いて、先生に見せると、「文章の意味がまるで伝わってこないわね。ここで遣ってるこの熟語、わたしは知らないんだけど、もしかしてあなたの造語？」などと、何度も指導された。

結局、どういう文芸誌になったのだろう。覚えていない。

わたしは文芸部に入っていたのに、というか、入ったからか、言葉をうまく遣えなくなっていた。何か書こうとすると、いやこんな言葉じゃなくて、とすぐに打ち消し、べつの言葉を探そうとしても頭は空っぽで、どんな言葉も浮かんでこない。書くことが苦痛だった。ちがうよなあ、と思いながら書いて、その文章をあちこち消して何度も書き直す。意味はどんどん曖昧になって、最後、意味不明となる。言葉がない、言葉がない、と思っていた。そんなふうにして書いた文章がへんてこな悪文になるのはあたりまえで、自分で読んで恥ずかしくてたまらなくなり、なんで文芸部なんかに入ったんだ、と呪った。言葉はどこか遠くにあって、自分のなかにはない、と思っていた。

『すずかけ』なんか読むはずない、と思いながら、いや滝本さんは読んでる、と思って、そうすると滝本さんに会うのが怖くなって、しばらく図書室から遠ざかっていた。だけど逃げてばかりいては本が借りられないので、もういいや、と思って図書室に行くと、案の定滝本さんはいた。わたしを見てにやにや笑った。

「頑張ってるんだねえ、岩瀬さん。努力は買うよ。だけど、かっこつけないほうがいいよ。疲れるから」

わたしはなんと返事をしたのだろう。曖昧なことしか言えなかったはずだ。

それにしても、と思う。あのスバル座がある町で大勢のアメリカ兵を見て、この町には大きいアメリカ軍が駐留しているのかと、はっと気づいたはずなのに、そして、この軍隊はベトナム戦争に関係しているかもしれない、ともちらっと考えたというのに、どうして原稿募集のテーマをベトナム戦争にしなかったのだろう。そっちのほうがずっと身近なテーマだし、そのことについてなら書いてくれた生徒もいたかもしれないのに。

岩国に反戦喫茶「ほびっと」ができたのは一九七二年だった。岩国べ平連（ベトナムに平和を！市民連合）の友だちからコーヒー券が送られてきた。反戦喫茶って、なんか新しい、と思った。

思ったものの、反戦喫茶がどんなものかイメージがはっきりしないまま、コーヒー券を握って開店後一週間ぐらいして行ってみた。

駅前商店街のはずれに山小屋風の入り口があって、「ほびっと」と看板が出ていた。ガラスのはまったドアをあけると、カランカランとドアベルが鳴る。お客がたくさんいたので驚いた。日曜日だったからかもしれない。そういう感じの喫茶店が岩国にはなかったから、平日も盛況だったのかもしれないが。床と壁は板張り。手作りっぽい感じのテーブルと椅子が並んで、大きい音でロックがかかっている。

店員は男ばかりで、カウンターのなかにいる人も、注文を取りにくる人もみな若く、たぶんわたしとおなじ年くらい。髪の毛を長く伸ばし、髭《ひげ》を生やしている人もいる。どこか、いかにも活動（政治的な）をしていそうな顔をしている。普通の喫茶店の店員とはちがう。愛想もそれほど良くない。

片隅で運ばれてきたコーヒーを飲んでいると、エプロンをあてた男が「やあ、やあ、いらっしゃい」と近づいてきた。ほかの男たちは、その頃流行《はや》りのぴったりしたTシャツにジーンズという格好なのに、この人はもっさりした短髪で、もっさりしたセーターにもっさりしたズボンを履いていた。しかも、にこにこしている。

「どこに住んでるの」と聞く。

玖珂《くが》、と答えると、「それ、近いの？　おれ、京都から来たばかりなんだよね。まだこのあたりのことはぜんぜんわかんないんだ」と言う。

そのあと、「どんな仕事をしてるの」と聞き、広告の仕事です、と答えると、「その仕事、面白いの」と聞く。ほんとうに答えを聞きたがっているのかどうかわからないけれど、そう聞かれると、つい、自分が仕事を面白がっているかどうか考えてしまう。

「毎日、電車にのって通勤してるんだよね。えらいよ。よくつづくよ。でも、日曜日は休みだよね。時間があったらコーヒー飲みに来なよ」と言った。

ほびっとのメンバーは、この喫茶店を拠点にして反戦運動をするためにやって来た人たちだ、ということが、じきわかってきた。京都や福岡から来ていて、わたしと年も近い。当時、べ平連の反戦運動は全国に広がっていて、あちこちの町で反戦デモがおこなわれていた。ということを当時のわたしはよく知らなかったのだが。

わたしに話しかけてきた人がほびっとのマスターだった。二十二、三歳だったのに、近所のおじさんやおばさん、サラリーマン、老人など、だれとでもうちとけて話した。人に好かれているみたいだったけれど、だれかが「こういうことをほびっとでやってみたらどうかな」と言ったりすると、「いいねえ。いい考えだよ。じゃあ、きみがやれよ」と言うのだった。

彼はのちに東京で編集者となり、たくさんのいい本を世に出した。おまけのように、わたしの本まで出してくれた。六十三歳で亡くなる四年前には『ほびっと　戦争をとめた喫茶店　―ベ平連 1970 - 1975 in イワクニ』（中川六平）という本を書いた。

ベトナム戦争とわたしたちは無関係じゃなかった。岩国基地からベトナムに戦闘機が飛んでいる。戦地からたくさんの兵士が帰還してくる。岩国は戦地とつながっていた。

結構繁盛していたほびっとだったが、ある日（それは開店から四か月目のことだったが）突然、警察の家宅捜索を受けた。銃刀法違反というものものしい容疑で。つぎの日の新聞には大きい見出しの記事と、ほびっとの写真が載った。米軍の銃がほびっとを通じて過激派に流れた疑い、と書かれている。

その場には居合わせなかったが、冗談じゃない、と思った。こんな記事はまちがっている。家宅捜索はまちがってる。米軍はすぐに銃は紛失していないと発表した。

けれど、母はその記事を読むなり顔を引きつらせ、あんなところ、二度と行っちゃいけない、と唇を震わせた。警察がまちがってるんだってば、といくら言っても、聞く耳を持たなかった。拒絶反応は母だけのものじゃなく、ほとんどの岩国市民もおなじように受け止めていた。それからは、母に黙ってほびっとに行った。

目障りなほびっとを潰すための捜索でしかないことははっきりしていて、ほびっとは国と県警を相手に裁判を起こした。

そのあいだも岩国基地からはベトナムへ戦闘機や輸送機が飛び立っていた。あの歓楽街は夜な夜なものすごく賑《にぎ》わっていた。


ティム・オブライエンの**『本当の戦争の話をしよう』**に収められている短編のほとんどはベトナムの戦場を舞台にしている。主人公は一九六八年に徴兵された若者である。

短編「本当の戦争の話をしよう」には、本当の戦争の話なんて、しようと思ったってできるもんじゃない、と書かれている。

「私」の所属する部隊が河を越えて山地に向かって行軍する途中、ジャングルの深いところにある分岐点で休憩する。隊員の「レモン」と「ラット・カイリー」がふざけはじめる。


彼らはその土地の不気味さを理解してなかった。彼らはまだ子供だった。何も知らなかったのだ。こんなの戦争というよりはハイキングじゃないかと彼らは思っていた。

そして次の瞬間、レモンは地雷を踏んで即死する。救急ヘリを呼び、ヘリが着陸できるように隊員たちで繁っている樹々を伐り拓く。レモンの遺体が運ばれていったあと、再び行軍をはじめ、山の高いところまで行くと、そこに赤ん坊の水牛がいた。その水牛をカイリーは銃で惨殺してしまうのだ。無残な姿となった水牛の前で無二の親友を失ったカイリーは泣く。

本当の戦争の話の中にもし教訓があるとしても、それは布を織りあげている糸のようなものだ。それだけを一本抜きだすことはできない。より深い意味をほぐすことなくその意味だけを引き抜くことはできない。

「兵士たちの荷物」では、ジャングルのなかを重い荷物を背負ってただただ歩き、そして夜になるとたこつぼ壕《ごう》を掘って眠る日々が描かれている。武器のほかに彼らが背負っているのは発煙弾や食料、水、磁石や地図や双眼鏡、バッテリーにガールフレンドからの手紙にトランキライザー。そして「恐怖を抱え込んでいた」。

昼間は狙撃兵に狙われ、夜は臼砲攻撃に晒《さら》されながら、ただただ行進する。脚だけが頼りで、水田に入り、河を渡り、歩きつづけているとき、突然、仲間が狙撃兵に撃たれて死ぬ。

村を焼き払うこともあったし、焼き払わないこともあった。それから彼らは整列し、次の村へと向かった。そしてまたその次の村へと。どこに行ってもやることはいつも同じだった。彼らは彼ら自身の命を持ち歩いていた。その心理的負担は並大抵のものではなかった。

五十年前のほびっとの人たちが反戦、反基地の声をあげていたときよりも、いま岩国基地はずっと巨大化した。

わたしが子供の時、すぐそこにあった基地が見えていなかったように、いまも人々の目には、ただの広々とした滑走路だけが見えているのかもしれない。たくさんの戦闘機マニアが高そうな望遠レンズ付きカメラを携えて全国から基地そばの土手に集まってくる。最新鋭戦闘機が何十機もいる岩国基地は人気で、離陸時が狙いどきだ。飛び立つ戦闘機にか、パイロットにか、手を振っている人もいる。

わたしの家の近くに、十年ほど前に、アメリカ軍の将校と家族が住む瀟洒《しょうしゃ》な住宅が二百五十戸ばかり建った。もちろんその住宅地へは日本人は入ることはできない。住宅地のそばにはアメリカ軍の広大なスポーツ公園も造られた。野球スタジアム、ソフトボール場、陸上競技場、バスケットコート、テニスコートなどなど。そういうのは全部、日本政府が「おもいやり予算」という気持ちわるい名前の防衛費で賄《まかな》っている。

そこは以前は愛宕山《あたごやま》という自然林に覆われた、神社もあって、お祭などもおこなわれていた山だった。タヌキやサルがいて、フクロウも冬鳥もたくさん来ていた。その山を政府はまるごと削ったのだ。削った土をすべて海に運んで基地沖を埋め立てた。愛宕山は米軍の新しい滑走路に姿を変えた。

夕方、散歩をしていると、車やバイクや自転車で基地から帰ってくる兵士たちとすれ違う。迷彩服姿の人もいる。スポーツ公園から子供づれで米軍住宅に帰っていく軍人家族たちもいる。彼らはぜんぜん戦争の顔はしていない。どう見ても、ごく普通のアメリカ市民だ。

畳の海

四歳か五歳頃。家に一人でいるときなんかに、奥の部屋にある大きい戸棚のところへ行った。その部屋は薄暗く、大きい戸棚のほか、隅に衣桁《いこう》があって父の着物などが掛かっていた。父は会社から帰ると、この部屋で背広を脱ぎ、着物に着替えた。

わたしの背よりずっと高い戸棚は板の扉が両開きになっていて、扉をあけると何段もの棚があり、引き出しもある。湿った鞄《かばん》のような匂いがした。棚にはいろんなものが収められていた。

つま先立ちして見えるところには、ひらひらした黒いカーボン紙が重ねてある。罫線《けいせん》が引かれ片隅に文字が印刷されている薄紙の束もある。紐《ひも》で綴《と》じられた紙の束も、いろんな大きさの帳面もあった。ゴム板があり、インク壺《つぼ》にペン。ペン先が収まっている小箱も並んでいる。ガラスのペン先もある。それから硯《すずり》や、大小の筆なども。黒い綴じ紐の束もあった。なにもかも大事なものらしい。上のほうの段にはどんなものがしまってあるのか見えなかった。手が届くものを取りだした。

黒いカーボン紙には白い文字の跡が残っている。舟のような形のインクの吸い取りスタンプはおもちゃみたいで、畳の上で揺らした。どれを見ても何に使うのかわからなかったが、こういうの、ぜんぶほしいと思った。

そこには父が出張に行くときに持っていく茶色の携帯用洗面道具の革のバッグもしまわれていた。これこそ、いくら見ても飽きないあこがれの品だった。チャックを開くと、小さい鏡がついていて、歯ブラシに髭剃《ひげそ》り、櫛《くし》や、クリームが入っている金属の小さな入れ物もある。爪切りも、柔らかい毛が束になっているブラシも。なにもかも小さくて、こういうのをいつか買ってほしい、と思いながら、一つひとつ畳に並べ、それを使うふりをしてから、またバッグのなかの小さな革ベルトに、場所をまちがわないように戻した。

戸棚から持ち出したガラスのペン先だったか、短い鉛筆だったか、どこかで見つけた千代紙で折った人形だったか、手に収まるそれを人に見たてて畳の海を泳いだこともある。そういうことをするのも、家にだれもいないときだった。いないのではなくて、母やねえやさんは家のどこか、たぶん裏のほうで用事をしていたのだと思うが、だれもいない家はがらんと大きかった。

その部屋は、奥の部屋と食事をする板間のあいだにあって、押し入れほどもある黒い横桟の戸棚があった。なかには味噌になる大豆が麹《こうじ》をまぶされて眠っている。

わたしは腹這《はらば》いになると、たちまち小さなガラスのペン先となり、畳の目がどこまでもつづいている大海の荒波に挑んだ。押し寄せてくる一目一目の波に負けないように、じり じり進んでいく。畳すれすれに目を近づけて大海原を見ると、ずっと先に堤防のように伸びている敷居があり、そのむこうに山のようにそびえる机があった。畳の海は遠くまでつづいていて、その先には明るい表の間が見えていた。溺れずにあそこまで行くんだ、と堤防を越え、机の岩山をくぐり、畳の海をずるずると越えていった。

きくちゃんに背負われて行ったのだから、二つか三つだったと思う。家の横の道を辿《たど》って、山のあいだに伸びる遠い道をずっと行った先には臼田《うすだ》という村がある。そこに町長さんは住んでいるのだ。父が町会議員をしていたので、きくちゃんは母に頼まれて何か届け物を持って出かけたのだろう。わたしはねんねこ半纏《ばんてん》にくるまれていたから、きっと寒いときだった。

遠い道を歩きながら、きくちゃんはときどきわたしを揺すり上げる。

「ここちゃん、寝ちゃだめよ。寝たら重うなるけえ、寝ちゃいけん」と言った。

「寝ちょらん」とわたしは答える。幼いとき、わたしは「ここちゃん」と周囲の人から呼ばれていた。「じょうこ」と言いづらくて、自分でそう言いはじめたのかもしれない。

だけども、しだいに眠くてたまらなくなった。道はどこまでも、どこまでもつづいているようだった。

「ほら、牛がおるよ」ときくちゃんは言ったり、「あそこに旗が見えるよ」と言ったりする。わたしはきくちゃんの首とおさげ髪を見ながら自分でも、寝ちゃいけん、寝ちゃいけん、と思っていた。

やっと町長さんの家に着いて、町長さんの奥さんが出てきて、きくちゃんと短く話をした。それから町長さんの奥さんはきくちゃんに何かを渡し、わたしに「夏みかんはおじょうちゃんに持っちょいてもらおうかね」と言って、わたしの胸ときくちゃんの背中のあいだに、夏みかんを二つか三つ入れてくれた。

それからの帰り道でも、きくちゃんは、寝ちゃいけんよ、と言いつづけ、返事がないとみると、「あらら、ここちゃん、寝ちょるんじゃないん？」と背中を揺すった。「寝ちょらん」と答えながら、わたしは眠くて眠くて、それでも、ものすごく睡魔とたたかっていたのだけれど、ついに、いつのまにか眠ってしまっていた。

家に帰って、半分眠ったまま、きくちゃんがそうっと昼寝用の薄い布団に寝かしてくれるのを感じながら、きくちゃんの「ありゃ、ここちゃんはいつのまにかみかんを落としてしもうとってじゃ」という声を聞いた。みかんは一つだけ残っていたらしい。

「きくちゃん、ちょっと探しに行ってきて。案外近くに落ちちょるかもしれんから」と母が言い、きくちゃんがあわてて家を出ていくのもわかった。わかりながら、わたしはそのまま眠った。昼寝から起きて、きくちゃんに、みかんあった？　と聞くと、見つからんかった、と首を振った。

病気のときに寝かされていたのは庭に面した客間だった。部屋のまんなかに敷かれた布団のなかで、眠ったり目を覚ましたりした。父は会社に行き、兄は学校に行って、母と、その頃いたのはたしかふさちゃんで、二人は家の裏で何かしているらしく、ときどき声がしたり、物音が聞こえていた。

胸に水が溜《た》まっている、と言われたのだ。夜、高森から往診に来た医者はわたしの寝間着の胸を開いて、胸の脇に注射針をつき立てた。ものすごく痛くて、泣いた。

医者は注射器を父に見せ、「ほら、水が溜まっておるでしょう」と言った。そのあとお尻に注射を打ってから、「また水が溜まるようなら、また抜かなきゃなりませんな」と言い置いて帰っていった。

父は「肋膜《ろくまく》と言うたが、どうも信用ならんな」と、腹立たしげに言った。「こんな小さい子の胸に注射針を立ておって。水といったって、ほんのわずかしか取れちゃおらんかった」

玖珂《くが》より高森のほうが近いからというので呼んだその医者は、それっきり来なかった。

わたしは何の病気だったのか、そのあとしばらく幼稚園を休んで寝ていた。熱が下がったあとも、体力が戻らなかったからか、布団のなかでじっとしていた。

見えているのは襖《ふすま》の上の欄間《らんま》だった。くねくねと蔓草《つるくさ》がからまっているように見える。じっと見ていると、草の陰に一匹の猿がいる。どうしてもそう見える。猿はひとりで隠れているのだ。悪い侍が刀で斬りにくるから逃げているのだ。あっちの雲の上には悪い鬼がいて、鬼も猿を捕まえようとしているらしい。猿、逃げたほうがええよ、あっちの葉っぱのむこうには、こっちからは見えないけど細い道があるんだよ。わたしは歌を作ってうたった。猿を逃がす歌を。大丈夫だよ猿、音を立てないようにこっそり逃げれば、きっと見つからんよ。あっちに行けばきっとだれかが待っちょるよ。

それから、わたしは大声で母を呼んだ。あとでカタクリを溶いて持ってきてあげる、と母は言ったのだ。耳をすましても返事はなかった。聞こえないのかもしれない。だけど起き上がって裏まで行ってみる気にはならなかった。わたしは蔓草がはびこる欄間のなかへ、またもどっていった。

宮沢賢治の「タネリはたしかにいちにち噛《か》んでゐたやうだった」（『**宮澤賢治全集**』所収）の幼いタネリは丘を越えて、時間を超えて、一人どこまでもどこまでも駆けていく。小屋の前で、こまかく裂いた藤蔓《ふじづる》を叩《たた》いていたタネリは、遠くの野原や丘があんまり明るくて、かげろうが「さあ行かう、さあ行かう」というようにゆらめいているのに誘われて、そっちに向かって駆けだしていく。お母さんに「森へは、はひって行くんでないぞ」と言われたときにはもう、小鹿のように走りだしていた。

タネリは藤蔓をにちゃにちゃ噛みながらどんどん走っていく。

枯れた草は、黄いろにあかるくひろがって、どこもかしこも、ごろごろころがってみたいくらゐ、そのはてでは、青ぞらが、つめたくつるつる光ってゐます。タネリは、まるで、早く行ってその青ぞらをすこし喰《た》べるのだといふふうに走りました。

タネリは森に紛れるように、柏《かしわ》の木に話しかけたり、花に挨拶したり、青く光っている空に向かって「おーい、誰《たれ》か居たかあ」と叫んだりする。そのあいだにもせっかく嚙《か》んで柔らかくした藤蔓《ふじづる》を吐き出し、それからまた新しく藤蔓を口に入れてにちゃにちゃ嚙みだす。やどりぎと話をしているとき、むこうの丘の上を一羽の白い鳥が飛び立つのを見る。

タネリは、北風カスケより速く、丘を馳《か》け下りて、その黄いろな蘆《あし》むらのまはりを、ぐるぐるまはりながら叫びました。

「おゝい、鴇《とき》、
おいらはひとりなんだから、
おまへはおいらと遊んでおくれ。
おいらはひとりなんだから。」

鳥は、ついておいでといふやうに、蘆のなかから飛びだして、南の青いそらの板に、射られた矢のやうにかけあがりました。タネリは、青い影法師といっしょに、ふらふらそれを追ひました。かたくりの花は、その足もとで、たびたびゆらゆら燃えましたし、空はぐらぐらゆれました。

お母さんに入ってはいけないと言われていた森に入っていって、藤蔓を嚙んでは吐き出してばかりいるタネリは、森の木や花や鳥や蛙《かえる》としだいに混じり合う。そして、顔の大きな犬神みたいなものが赤い眼をして立っているのを見ると一目散に逃げだし、越えてきた四つの丘をまた越えて、疲れきって家へ戻る。

お母さんに「藤蔓みんな嚙じって来たか」と聞かれると、「うんにゃ、どこかへ無くしてしまったよ」と答えたあと、「けれどもおいら、一日嚙んでゐたやうだったよ」とつづけるのだ。

タネリは「いま」や「むかし」や「ずっと先」のなかに混じり込んでいたのかもしれない。森のいろんな生き物や植物のあいだを通り抜けたときに起きたことや見たことを、タネリはどんなふうにもお母さんには話すことはできなかっただろう。話せばとりとめもなくて、嘘《うそ》っぱちになってしまいそうなことはどんなふうにも話せない。あれは、どんなことかであったはずだし、どんなことでもなかったのかもしれないことなのだから。

家のすぐ前を家よりも高い位置に、できたばかりの砂利敷きの国道二号線は走っていた。その国道と、そのむこうの線路を越えて坂を少し下ると、昔からある県道に出る。県道沿いには家々が並び、そのむこうはどこまでも田んぼだった。

そっちの道へはめったに行かなかったが、あるとき下の道の子に誘われて、四、五人でかくれんぼをした。隠れる場所は、下の道の、道と線路のあいだに並んでいる家の周辺だ。オニが数をかぞえているあいだに急いで隠れる場所を探さなきゃいけないのに、知らない家の敷地に勝手に入っちゃいけない気がして、いい場所が見つけられない。わたしはすぐオニになった。

どの家の、どんな場所に、みんなは隠れているのか、どこまで入っていっていいのか、家も納屋もしんとしていた。きっと家の裏のほうだと思っても、そっちまで覗《のぞ》きにいくと叱られそうな気がして、道を行ったり来たりうろうろするだけで、いつまでたってもだれも見つけられない。どの家にも人気《ひとけ》がないみたいだし、通りにも人っ子一人いない。わたしだけが取り残されて、ほかの子はみんな、どこかへ消えてしまったような気がしはじめる。名前を呼んでも返事はなくて、わたしはずっとこのまま、ここにいなきゃいけないんだろうかと、だんだん心細くなった。「もう帰るからねえ」と言った言葉もだれにも届かない気がした。

わたしは心を決めて家と家とのあいだに入っていき、そこから土手を登って線路を越えた。日暮れが近く、国道にも人影はなかった。自動車も自転車も走っていない。空には色がなく、ずっと先の線路がゆるくカーブしているあたりの木立が黒々と影になっていた。

怖くてたまらなくなり、走って国道を横切って家に帰った。家に入ると電灯の下で、割烹着《かっぽうぎ》を着た母が縫いものをしていた。そのあまりに見慣れた姿に、自分がいま恐ろしい目に遭ったということをどんなふうにも伝えることができない気がして、母の背中に抱きついた。すると母は「こらこら、危ないじゃろ。針仕事をしよるんじゃから」と背中をゆすった。

わたしは母から離れて、ごろっと畳に寝転がった。

『エリちゃんでておいで』（あまんきみこ）の「あたし」は、いまカーテンの後ろに入り込んでいて、出ておいで、と呼ぶお姉ちゃんの声に返事もしないで、しゃがんでいる。あたしは気を悪くしているのだ。

ついさっきまで、二人は仲良くママの絵を描いていた。きょうがママの誕生日だからプレゼントしよう、と話して。けれど、あたしが一生懸命描いた絵を見て、お姉ちゃんは、ママの手がかぼちゃに見える、と笑った。とたんにあたしは画用紙をぐしゃっと丸め、泣きながらカーテンのうしろに入ったのだ。

外は雨が降っていて、その音をあたしは緑色のカーテンのなかで聞いている。カーテンには、前にあたしがここに入って、やっぱり泣いていたときに指であけた穴がある。泣きながらつけた染みもある。布地が薄くなっているところもある。それからあたしはふと、お姉ちゃんが静かなのに気づき、心配になってそっとカーテンから覗《のぞ》いてみた。お姉ちゃんはテーブルで絵を描いていた。

ほっとするけれど、急に野原に取り残された淋《さび》しい気持ちになったそのとき、うしろで鼻をすすり上げる音がして、ふり向くと、女の子がしゃがんでいた。あのカーテンの布地が薄くなったところを引っぱりながら泣いている。

あたしが着ているのとおなじブラウスを着て、おなじスカートを履いているその子は「あたしって、なきたくなると、いつも　この　カーテンの中に　はいってしまうのよ」と言う。この顔知ってる、とあたしは思うけれど、どうしてだか思いだせない。それから二人はかくれんぼをはじめる。あたしが顔を覆って、「もう、いいよーっ」の声を聞いて目をあけると、そこは林のなか。

さわさわ
さわさわ
木《こ》の　はの　ゆれる　おと。

木の　はの　あいだから　ながれおちている
光の　せんが、さわさわさわに　あわせて　ゆれる。
「もう、いいよう！　もう、いいよう！」
あの子の　こえ。すこし　わらっている　こえ。
すごーい。こんなところで、かくれんぼ。
よおし、みつけるぞ。
あっちかな。
あたし、林の中を　はしった。

あたしはその子を見つけ、こんどはあたしが隠れる番。あたしは木の後ろにしゃがんで、あの子があたしを捜す足音を聞いている。すると「みいつけた」と声がして、お姉ちゃんがカーテンをあけた。

子供のとき、楽しく遊んでいたのに、急に気持ちがふさぐことがあった。大人に「機嫌を直しんさい」と言われても、胸のなかの石みたいなものが拒んでいた。楽しかった気持ちはどこに行ったんじゃろうと自分で思っても、気持ちを立て直すことができずに、ずるずる不機嫌を引きずった。あとで、「さっき、なんでむくれちょったん」と聞かれても、答えられなかった。

あまんきみこの童話の子供たちは、ひとりでいるときに「いま、ここ」から抜け出して、いろんなものに出会う。きれいな林のなかで白いライオンに出会ったり、砂浜で縄跳びをしているうさぎたちの仲間に入ったり、きつねたちがすべり台を運んでいるのに出くわしたり。

あんなところへ、もしかしたらわたしも、と思い出してみようとしても、どんな記憶も浮かびあがってこないのだが、案外わたしも行っていたのかもしれない。たとえば夜、ひとり目覚めたときなんかに。

「夜と夜のあいだに」(**『金曜日の砂糖ちゃん』**所収　酒井駒子)の女の子は夜に、ひとり目を覚ます。

夜と夜の　あいだに　目を　さました　子どもは…

女の子はそっとベッドを出る。それからお母さんの箪笥《たんす》の引出しをあけて、白いひらひらのシュミーズを出すと、パジャマを脱いでそれに着替える。そのつぎに椅子に上がって、手を伸ばして（たぶんお母さんに触っちゃいけないと言われている）棚の上の針箱を取ると、そこから糸と針と、ボタンを一摑《ひとつか》み取ってクッキーの缶に入れる。鏡の前で髪をとかし、それから小鳥のいる鳥かごの小さい扉をあけてやり、両親の眠るベッドのそばを通って玄関に行く。玄関の扉をあけると、外には女の子を乗せる犬たちが待っているのだ。暗い空には三日月がかかり、植物はひっそり繁り、犬たちは冠などをかぶり、背には女の子を座らせる小さな布をのせている。

女の子はどこに行くんだろう。犬に乗って、野原のほうへ行くんだろうか。それとも人気のない夜の町を走り抜けるんだろうか。犬の背で、高い声で笑うかもしれない。知ってる歌をぜんぶうたうかもしれない。

そうやって夜の時間を過ごしたあと、女の子はまたベッドに戻り、朝、お母さんが起しにくるまで眠るだろう。

そして朝、「よく眠れた？」とお母さんに聞かれると、女の子はきっと「うん」と答える。

父がそうしよう、と言いだしたのかもしれない。夕方、庭にオキダ（広い縁台）を出して、家族四人と、ふさちゃんも一緒にごはんを食べたことがある。母がおひつを運んできて、おかずは何だったのだろう。浴衣を着た父はいつものように盃《さかずき》でお酒を飲んでいた。夕方の空はまだ明るく、でも庭木の陰はひっそり暗くて、遠足でもなく祭でもないのに、こうして空の下でごはんを食べるのはなんだか特別で、嬉《うれ》しい気もするのに、そわそわ落ち着かなかった。ときどき風が吹いた。

カラスが何羽か飛んでいった空はみるみる暗くなり、手許がだんだん見えなくなってきた。はじめは、「外で食べるのは気持ちがええなあ」と言っていた父は「もっと早くから始めりゃよかったたな」というようなことを言って、それからだんだん話もしなくなって、ただもくもくとごはんを食べた。

暗くなった庭が怖くてたまらなくなり、わたしはできるだけいそいでごはんを食べた。そして食べ終えると、暗いほうは見ないようにして、逃げるように縁側から部屋に上がった。電灯がついている部屋は明るく、ほっと安心した。

明るい部屋のなかから、オキダでお茶碗《ちゃわん》などを片づけているふさちゃんと母を見た。あそこで、さっきまでごはんを食べていたのが嘘《うそ》みたいな気がした。いまは暗い庭に白いオキダがぼうっと浮かび上がっている。

オキダを庭に出してごはんを食べたのはあのとき一度きりだった。あのとき、家族で舟に乗っていたんだ、と思い出すたび、そんな気がした。
あの暗闇に沈んでいる庭は、いまもまだあそこに、そのままの姿である気がする。

この本に出てくる本

（掲載順）

1
『8つの物語　―思い出の子どもたち』フィリッパ・ピアス　訳・片岡しのぶ　2002年　あすなろ書房
『まぼろしの小さい犬』フィリパ・ピアス　訳・猪熊葉子　1989年　岩波書店（2020年岩波少年文庫）

2
『アルネの遺品』ジークフリート・レンツ　訳・松永美穂　2003年　新潮社

3
『幼ものがたり』石井桃子　2002年　福音館書店
『いないいないばあや』神沢利子　1978年　岩波書店（1996年岩波少年文庫）
『人形の旅立ち』長谷川摂子　2003年　福音館書店
『椿の海の記』石牟礼道子　1976年　朝日新聞社（2013年河出文庫）
『右の心臓』佐野洋子　1988年　リブロポート（2012年小学館文庫）

4
『しずかに流れるみどりの川』ユベール・マンガレリ　訳・田久保麻理　2005年　白水社
『おわりの雪』ユベール・マンガレリ　訳・田久保麻理　2004年　白水社（2013年白水uブックス）

5
『シカゴ育ち』スチュアート・ダイベック　訳・柴田元幸　1992年　白水社（2003年白水uブックス）
『煙突やニワトリ』武田花　1992年　筑摩書房
『彼女たちの場合は』江國香織　2019年　集英社（2022年集英社文庫）

6
『レモンケーキの独特なさびしさ』エイミー・ベンダー　訳・管啓次郎　2016年　KADOKAWA
『マイゴーストアンクル』ヴァジニア・ハミルトン　訳・島式子　1992年　原生林
『夜の鳥』トールモー・ハウゲン　訳・山口卓史　1982年　旺文社（2003年河出書房新社）

7
『こちらあみ子』今村夏子　2011年　筑摩書房（2014年ちくま文庫）
『結婚式のメンバー』カーソン・マッカラーズ　訳・村上春樹　2016年　新潮社（新潮文庫）

8
『にんじん』ルナール　訳・岸田國士　1959年　白水社（1988年新装版）
『ビリー・ジョーの大地』カレン・ヘス　訳・伊藤比呂美　2001年　理論社（2023年小学館）
『夜が明けるまで』マヤ・ヴォイチェホフスカ　訳・清水真砂子　1980年　岩波書店（岩波少年文庫）

9
『世界の果てのビートルズ』ミカエル・ニエミ　訳・岩本正恵　2006年　新潮社
『エヴリシング・フロウズ』津村記久子　2014年　文藝春秋（2017年文春文庫）

10
『蹴りたい背中』綿矢りさ　2003年　河出書房新社（2007年河出文庫）
『さかさやまのさくらでんせつ（あいうえおパラダイス）』二宮由紀子　2007年　理論社
『森のサクランボつみ大会（ハリネズミのプルプル）』二宮由紀子　1999年　文溪堂
『うっかりウサギのうーんと長かった1日』二宮由紀子　1994年　文溪堂

11
『夕焼けの国』今江祥智　1973年　実業之日本社（2011年『戦争童話集』小学館文庫所収）
『ボタン穴から見た戦争　―白ロシアの子供たちの証言』スヴェトラーナ・アレクシエーヴィチ　訳・三浦みどり　2000年　群像社（2016年岩波現代文庫）
『若き日の哀しみ』ダニロ・キシュ　訳・山崎佳代子　1995年　東京創元社（2013年創元ライブラリ）
『ほびっと　戦争を止めた喫茶店　―べ平連1970‐1975 in イワクニ』中川六平　2009年　講談社
『本当の戦争の話をしよう』ティム・オブライエン　訳・村上春樹　1990年　文藝春秋（1998年文春文庫）
「タネリはたしかにいちにち噛んでゐたやうだった」宮澤賢治　1986年　筑摩書房『宮澤賢治全集6』（ちくま文庫）より
『エリちゃんでておいで』あまんきみこ　1990年　佼正出版社
『金曜日の砂糖ちゃん』酒井駒子　2003年　偕成社

岩瀬成子（いわせ・じょうこ）

1950年山口県生まれ。今江祥智氏との出会いをきっかけに1977年『朝はだんだん見えてくる』（日本児童文学者協会新人賞）でデビュー。『「うそじゃないよ」と谷川くんはいった』で小学館文学賞、『そのぬくもりはきえない』で日本児童文学者協会賞、『あたらしい子がきて』で野間児童文芸賞、JBBY賞、『きみは知らないほうがいい』で産経児童出版文化賞大賞、『もうひとつの曲がり角』で坪田譲治文学賞、『わたしのあのこ あのこのわたし』で児童福祉文化賞など多数受賞。そのほかの作品に『もうちょっとだけ子どもでいよう』『二十歳だった頃』『となりのこども』『小さな小さな海』『オール・マイ・ラヴィング』『まつりちゃん』『ピース・ヴィレッジ』『なみだひっこんでろ』『くもりときどき晴レル』『ぼくが弟にしたこと』『地図を広げて』『ひみつの犬』『真昼のユウレイたち』『まだら模様の日々』などがある。JBBY（日本国際児童図書協議会）により、2022年と2024年の「国際アンデルセン賞」作家賞候補に推薦される。

本書は「飛ぶ教室」（光村図書出版）第25号（2011年 春）～第44号（2016年 冬）の連載「本を読む」（全18回）を大幅に改稿したものです。

わだかまってばかり日記 ―本と共に―

2025年1月初版
2025年1月第1刷発行

著者　岩瀬成子
発行者　鈴木博喜
編集　岸井美恵子
発行所　株式会社理論社
〒101-0062
東京都千代田区神田駿河台2-5
電話　営業　03-6264-8890
　　　編集　03-6264-8891
URL　https://www.rironsha.com

装画　真悠子
装丁　イケダデザイン
本文組　アジュール
印刷・製本　中央精版印刷

ISBN978-4-652-20661-4
NDC914　四六判　222P
JASRAC 出 2409320-401